新潮文庫

さよならの言い方なんて知らない。

BOOK 7

河野　裕著

新潮社版

11689

目次

CONTENTS

登場人物紹介

CHARACTERS

香屋歩 Kaya Ayumu

高校2年生。「生き抜くこと」を何より大事にし、能力「キュー・アンド・エー」を用いて、平和な架見崎の実現を目指していた。自身が冬間美咲によって作られた架空の存在であることに衝撃を受けるが、「物語」が「現実」を変えられることを証明するため、新たな戦いに身を投じる。「平穏な国」第一部隊リーダー。

冬間美咲 Toma Misaki

香屋と秋穂の幼馴染。その正体は、数少ない「現実」世界の住人であり、架見崎を作り出した演算機「アポリア」を開発した科学者・冬間誠の娘。架見崎では「ウォーター」として、世界平和創造部を立ち上げ、香屋の前に立ちはだかる。

秋穂栞 Akiho Shiori

高校2年生。年齢より幼い外見をしているが、性格は大人びており、何事にも冷静に対処する。香屋、トーマとともにアニメ「ウォーター&ビスケットの冒険」のファン。「平穏な国」のトップ、リリィの「語り係」を務める。

エデン

ユーリイ Yuri
元「PORT」リーダー。「エデン」を乗っ取り、PORTも手中に収める。百を超える効果を同時に発動する能力「ドミノの指先」の所持者。白猫と並ぶ架見崎最強の一人。

タリホー Tallyho
ユーリイの副官を務める女性。もの静かで、生真面目。いつもスーツを着ている。度重なる裏切りを経て、再び彼に仕える。

テスカトリポカ Tezcatlipoca
補助士を極めた能力者。「天糸」を含む3つの「その他能力」を持つ。架見崎最高の検索士・イドを殺害した。

ニッケル Nickel
元「PORT」円卓の一人。「その他能力」を全て打ち消す「例外消去」を持つ。

キド Kido
元「キネマ倶楽部」リーダー。天才的な戦闘センスを有する。現在は「エデン」エースプレイヤーの一人。

世界平和創造部

白猫 Shironeko
元「ミケ帝国」リーダー。肉体のポテンシャルは架見崎で最も高い。最強の一角。

ウーノ Uno
元「ブルドッグス」リーダー。徹底したリアリスト。能力名「現金主義」「用済み」。

ニック Nick
元「キネマ倶楽部」。紫とともにチームを脱退し、キドと対立した。

パン Pan
元「PORT」円卓の一人。正体は現実世界で演算機「アポリア」を管理するメンバーの一人。冬間美咲とは別の思惑をもって、架見崎に介入する。

平穏な国

リリィ Lily
「平穏な国」リーダー。無垢で純粋な少女。能力名「玩具の王国」。

シモン Shimon
リリィを傀儡にチームを操っていたが、失脚。トーマ脱退に伴い、復権する。

雪彦 Yukihiko
「平穏な国」最高幹部、聖騎士の一人。能力名「無色透明」。

月生亘輝 Gessyo Koki
「7月」の架見崎の覇者。単独で70万ポイントを持つ最強のプレイヤーだったが、「PORT」「平穏な国」連合の作戦に敗れ、所持ポイントを大きく減らす。パンと共に現れた「ウロボロス」による攻撃を受ける。

現実世界

冬間誠 Toma Makoto
トーマの父親。技術的特異点、演算機「アポリア」を開発した天才。自ら命を絶つ。

桜木秀次郎 Sakuragi Shujiro
アニメ監督。「ウォーター&ビスケットの冒険」を製作した。架見崎では「イド」「銀縁」を名乗っていた。

宣戦布告ルール 1

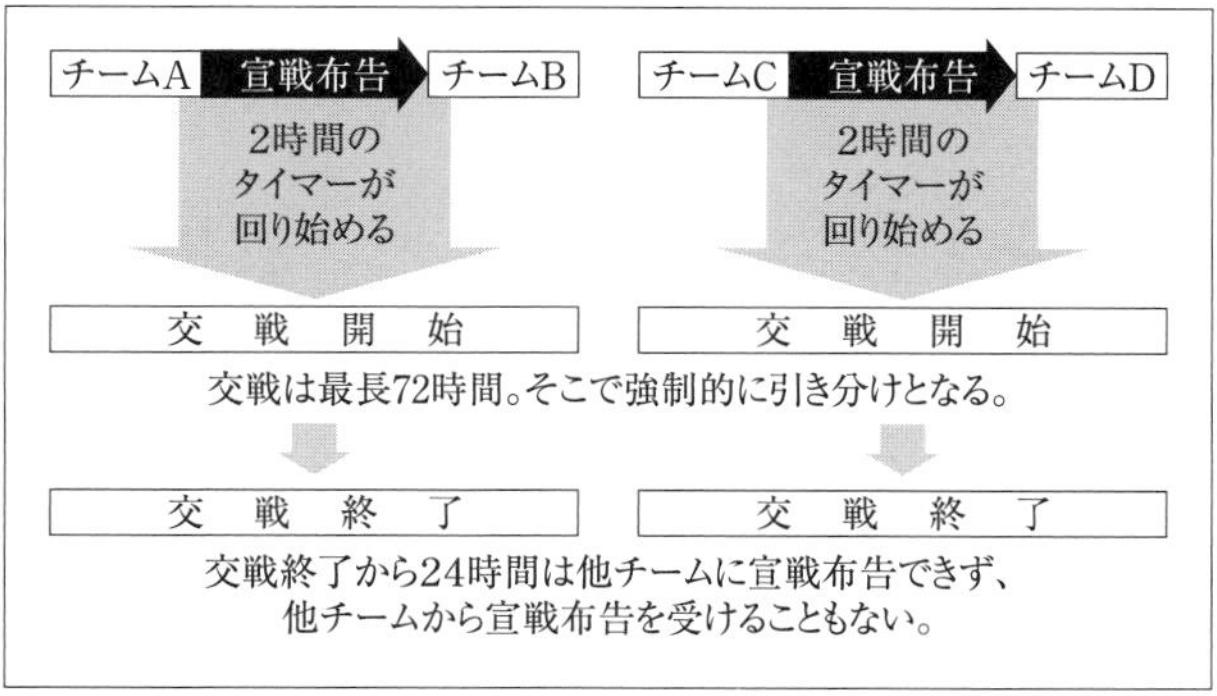

チームA
宣戦布告
チームB
チームC
宣戦布告
チームD
2時間の
タイマーが
回り始める
2時間の
タイマーが
回り始める
交戦開始
交戦開始
交戦は最長72時間。そこで強制的に引き分けとなる。
交戦終了
交戦終了
交戦終了から24時間は他チームに宣戦布告できず、
他チームから宣戦布告を受けることもない。

宣戦布告ルール 2 戦闘の合併

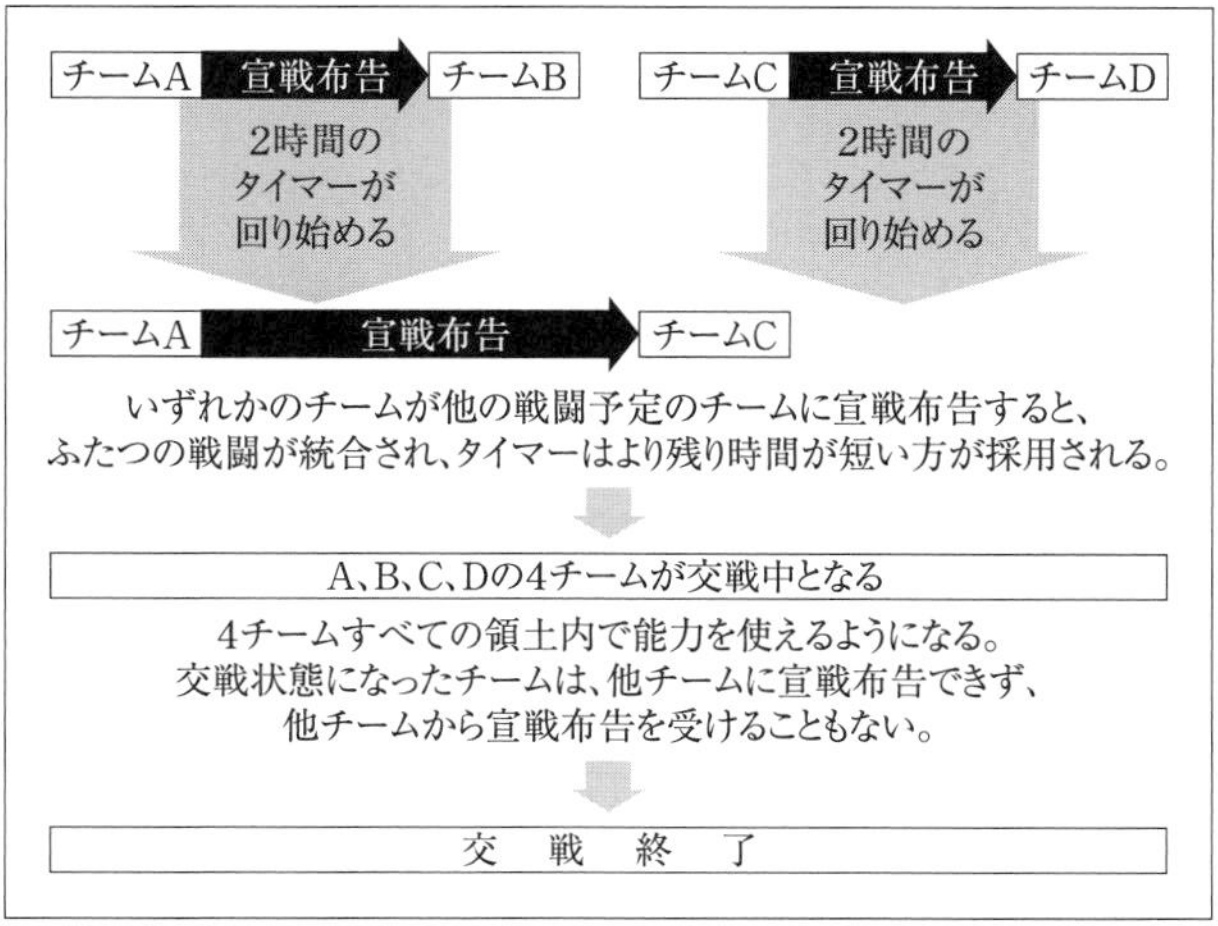

チームA
宣戦布告
チームB
チームC
宣戦布告
チームD
2時間の
タイマーが
回り始める
2時間の
タイマーが
回り始める
チームA
宣戦布告
チームC
いずれかのチームが他の戦闘予定のチームに宣戦布告すると、
ふたつの戦闘が統合され、タイマーはより残り時間が短い方が採用される。
A、B、C、Dの4チームが交戦中となる
4チームすべての領土内で能力を使えるようになる。
交戦状態になったチームは、他チームに宣戦布告できず、
他チームから宣戦布告を受けることもない。
交戦終了

交戦状態でなければ、能力を使えるのは自分たちのチームの領土内のみ。

「架見崎」地図

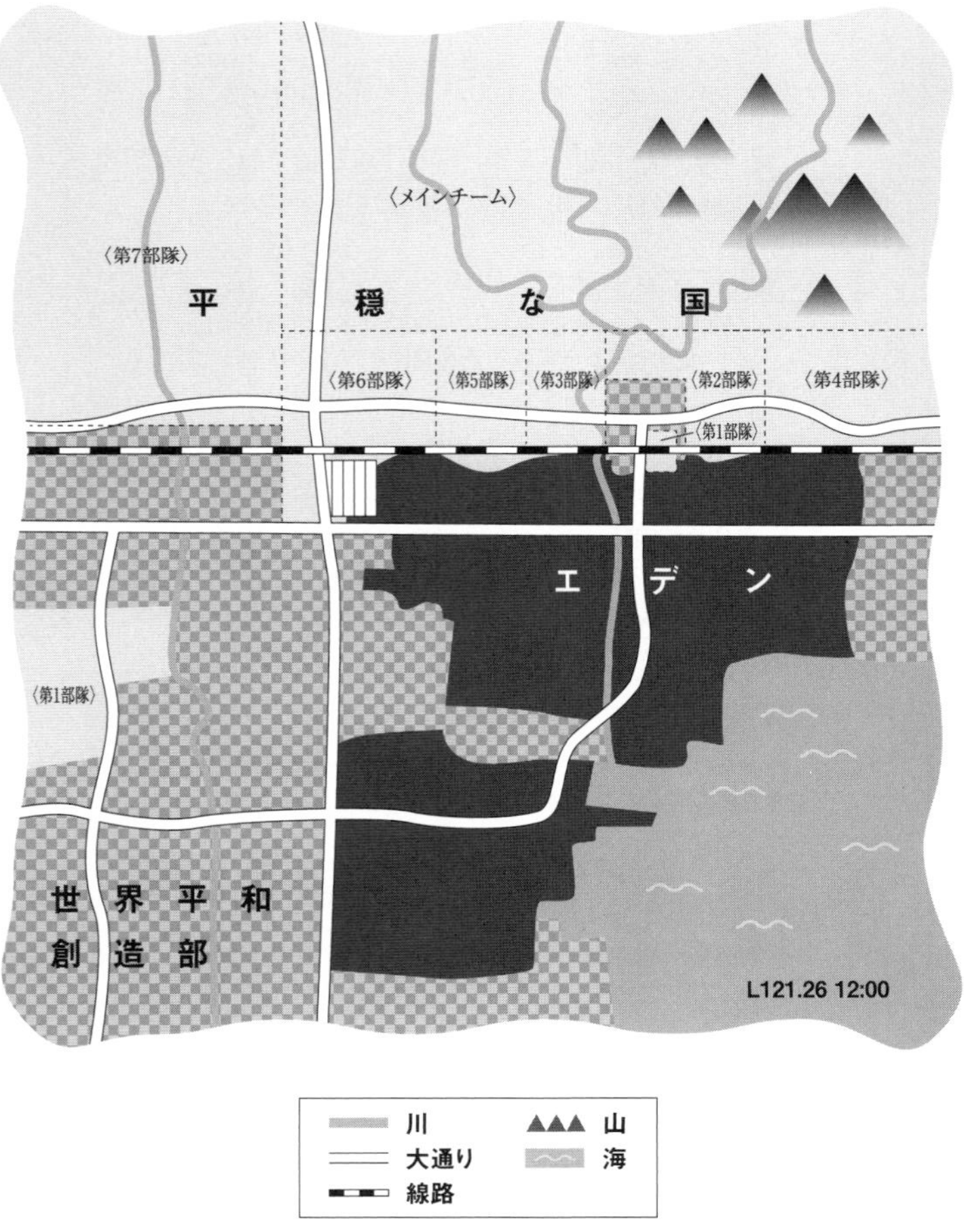
〈メインチーム〉
〈第7部隊〉
平穏な国
〈第6部隊〉
〈第5部隊〉
〈第3部隊〉
〈第2部隊〉
〈第4部隊〉
〈第1部隊〉
エデン
〈第1部隊〉
世界平和
創造部
L121.26 12:00
川
大通り
線路
山
海

さよならの
言い方なんて
知らない。

THEME OF
THE WATER &
BISCUIT 7

プロローグ

すべての暴力は悪である、と信じられていた時代があった。

いいや。正しくは今もまだ、信じられているのだと思う。つまり大勢の前で堂々と口にしても顰蹙《ひんしゅく》を買うことはなく、だいたいは「そうだよね」と受け入れられる、極めてスタンダードで良識的な考え方なのだろう。

アポリアが「解決困難な命題」を意味するその名で呼ばれるのは、こういったスタンダードで良識的な考えさえ否定することも一因ではないか。そう、ネコは――アポリア内の架空世界ではネコ型マリオネットの姿を与えられた、本名を小池陽乃《こいけひの》という株式会社アポリアのスタッフは考えている。

装置としてのアポリアは、人類社会という莫大《ばくだい》な情報を高速で演算する。アポリア内での発見が現実に持ち出され、あれこれ実用化されている世の中だから、その装置の正確さを疑う声はもうない。

さて、この装置に「すべての暴力は悪なのか？」と尋ねると――多くの良識ある人たちの期待を裏切って――たいていの場合はNOと答える。「たいていの場合」と補足する必要があるのは、「暴力」や「悪」という言葉の意味を恣意《しい》的に設定することで、YESと解答させることも可能ではあるからだ。けれど、ごく常識的な設定であればNOになる。

たとえばある問題への有効な対処法を演算した場合、必要最小限の暴力を用いる方法がもっとも良好なスコアを出すことがある。法を頼り問題を正式な手順で追及するよりも、あるいは被害者が感情を呑《の》み込んで笑顔で受け流すよりも、その場で一発殴ってしまう方が結果的にみんな幸せになる――こんな場面が、現代社会には存在する。

こういった良識に反するような「アポリアの演算結果」はかなりの量の蓄積があるが、大半は世には公開されていない。アポリア自身さえ、その結果を秘匿《ひとく》した方が人類の幸福のために有益だと判断している。言い換えれば、「すべての暴力は悪である」という命題は偽だが、その偽りの命題を信じ続けた方が、現代の人々の幸福は維持しやすい。

――と、こんなことをネコが考えたのは、カエルの質問が理由だった。

「嘘《うそ》と物語は、なにが違うんだろうね？」

アポリアは嘘をついているのだろうか。それとも、物語を守っているのだろうか。あるいはそのふたつに違いなどなく、まったく同じなのだろうか。

ネコは内心で悩みながら、しかし口先ではすらすらと答える。

「嘘とは対象を騙《だま》すためのものです。一方で、物語とは対象とのあいだに、はじめからそれが虚構だという共通認識が築かれているものです」

カエルは質問を続ける。

「だとすれば、架見崎《かみさき》は嘘なのかな？　物語なのかな？」

今度は、咄嗟《とっさ》には答えられなかった。

「そのふたつのうちの、どちらかに振り分けなければならないものですか？」

架見崎は、嘘だ。架見崎は、物語だ。視点によってはどちらも正しい。

さらに同じように、「架見崎は真実だ」と言ってしまうこともできる。くどくどしい説明はいらない。直観で、ネコにはそれができる。

カエルはおそらく、ネコのこの思考も読み取っているのだろう。彼は言った。

「嘘と真実のあいだには壁がある。ぶ厚く強固な壁だが、ひとつだけドアがついている。そのドアを、物語と呼ぶんだろうね」

いかにもアポリアの開発者——冬間誠《とうままこと》が言いそうなことだ。内容も言い回しも、ネコが信仰していた彼に。

だからネコは、もうひとつ直観していることがある。

——やはりカエルこそが、冬間誠なのだ。

まったく同一ではないのかもしれない。けれど、そう信じられるもの。そう信じた方がより幸福なもの。

カエルが言った。

「これは私の言葉ではない。あるアニメ監督の思考をシミュレーションしたものだよ」

思わず、ネコは笑う。そんな風に言い繕うのも、やっぱり冬間誠に似ていて。

カエルが言う「あるアニメ監督」とは、桜木秀次郎《さくらぎしゅうじろう》だろう。彼は前ループの終わりに架見崎で死亡し、現実に戻っている。

けれど桜木はその「現実」の方で、株式会社アポリアに対して、ある申請を行ったそうだ。ネコには彼の申請の意図を汲《く》み取れず、なんだか少し不穏に感じている。

カエルが続ける。

「架見崎を体験したことで、彼の中に新たな物語が萌芽《ほうが》したのかもしれないよ」

物語。嘘と真実を隔てる壁面のドア。

ネコはカエルをみつめる。この人の——あるいは、この存在の感情が、少しでも読み解けるのではないかと期待して。

けれどカエルの顔は、相変わらずのマリオネットのままで、いつも通りの笑みの形で固まっていた。

＊

キドはその夜、エデンのあるバーで、ソファーに身を沈めていた。

そのバーは雑居ビルの二階に入っている。店の存在を知らなければ足を踏み出そうという気にならない、胡乱《うろん》な雰囲気の階段を上る必要があるが、ドアの先は落ち着いていて高級感がある。

エデンが抱える検索士《サーチャー》によれば、本日はこの架見崎でのゲームが始まってから一二一回目の八月二六日らしい。ホミニニが死んだあの戦いからは、五日が経過している。

この五日間で、エデンの様子はずいぶん変わった。

なにより、人が減っている。おそらくこの先、長く語り継がれるであろうウォーターの演説の結果、エデンを離れたのはおよそ二八〇人。エデン側はそれに一切手出ししなかった——ことに、公的にはなっている。実際には何人かの「裏切り者」を捕らえているとも噂《うわさ》されるが、キドにも真実はわからない。ともかく現エデンの人員は三八七人まで数を減らし、一方で四〇〇人を超えた世創部が人口で架見崎のトップに立った。

続いて、領土にも変化がある。ホミニニの死によって領土の一部が奪われたが、その結果は——キドの感覚では——奇妙なものだった。メインチームのリーダーであるはずのホミニニが担当していた領土は、かつて中堅チームだったころのエデンの範囲でしかなかったのだ。

考えてみれば、このチームは今もまだ「エデン」なのだから、もともとのエデンの領土にメインチームが置かれていたのは自然な成り行きだともいえる。けれどキドは、すでにこのチームの中心は元PORTの領土に移っているものだと思い込んでいた。穿《うが》った見方をすれば、エデン側はホミニニの死に備えて重要な領土を彼には与えていなかったようにも思える。

加えて、ホミニニの死によってリーダーが変更になった。人選は誰も文句を言えないものだ。ホミニニが存命だったころから皆が「裏ではこのチームを操っているのだろう」と半ば確信していたユーリイが、そのまま表に出てきたのだから。

その、エデンの新たなトップ——ユーリイは今、キドの向かいに座っている。まったく欠片《かけら》も「新たな」という気はしないが、ルール上、彼がエデンのリーダーになるのはこれが初めてだ。

最近のユーリイは、夜ごとにひとりずつ部隊リーダーを呼び出し、こんな風にふたりきりで話をしているそうだ。その五夜目がキドだった。

乾杯と、まったく空虚な「就任おめでとうございます」の挨拶《あいさつ》は、三〇分ほど前に済ませた。それからふたりはロックグラスのウイスキーを傾けながら、あるプレイヤーの思い出話を語り合って過ごした。ユーリイにとってはイド、キドにとっては銀縁《ぎんぶち》。そう呼ばれていた、天才的な検索士《サーチャー》だった彼について。

驚くべきことに、キドにとってその時間は、安らかなものだった。まさかユーリイを前にして、「安らか」なんて感想を抱くとは思わなかった。けれどあちらにとっては、なんでもないことなのだろう。ふたりきりで酒を飲む相手を、気分よく酔わせるなんてことは、ひどく解決が容易な課題なのだろう。

柔らかで暖かな雰囲気のまま、ユーリイは言った。

「テスカトリポカを殺したいかい？」

キドは、思わず苦笑してしまう。彼の言葉があんまり自然で。言う方にとっても、聞く方にとっても、別になんでもない言葉のようで。

苦笑を口元に残したまま答えた。

「最近、殺したくなってきました。少しだけ」

「なら君は、順調に回復しているわけだ」

「そうですか？」

「きっと。君はどう思ってる？」

「さあ。なんていうのかな。そういうのを考えるのに、飽きちゃって」

自分が今、どれほどくたびれているのかとか。なにが正常で、なにが異常なのかとか。そういうのはもう考えたくもない。考えれば考えるほど、余計に疲れてしまう。

以前、銀縁から聞いた言葉を思い出しながら、キドは続ける。

「喉《のど》は渇《かわ》いていない。腹は減っていない。心臓はまだ動いている。なら、歩き出さないといけない。――そういう風なことを、あの人は言ったんです」

本当は違うのかもしれない。キドは今もまだ、銀縁の真意を受け取れていないのかもしれない。でも、大外れってわけでもないはずだ。

ユーリイは軽く頷《うなず》いてみせたが、キドの言葉には答えなかった。彼がロックグラスに口をつけて、中で動いた氷が、ほんの小さな音を立てた。それからユーリイは、唐突に話題を変えた。

「ウォーターの交渉の件を知っているかい？」

キドは、曖昧《あいまい》に頷く。

「月末に、世創部と平穏が食事会を開くってやつですか？　戦力を合わせて交戦状態にして――だからそのまま、戦争になるんじゃないかって噂も」

「なるほど。君はどう思う？」

「わかりませんが、まあないんじゃないですか。世創部も平穏も主張は平和主義的だし、正直、エデンを無視して戦うのはないでしょう」

　架見崎の三《み》つ巴《どもえ》で、最大の戦力を持つのはエデンだ。二位と三位が潰《つぶ》し合うのは悪手に思える。

　ユーリイは軽く頷いてみせた。

「まったくその通りだ。けれど、実は、まったく違う」

「どういう意味です？」

「君の推測には同意だよ。でも君に尋ねたかったのは、その話じゃない。ウォーターがうちに持ち掛けてきた交渉の件だ」

「初耳ですよ、そんなの。貴方《あなた》が言わなきゃ、誰も知らない」

「テスカトリポカは知っているだろうね。彼女が誰に、どういった情報を漏らしているのかも、興味深くはある」

「それで？　ウォーターは、なにを？」

「人材と領土の交換を提案されている。向こうが人を出し、こちらが領土を出す。乗ってもいいが思惑を読みづらい」

「読めないなら、断わればば？」

「まったくその通りだ。けれど、それほど賢明な決断は、僕にはなかなかできないよ。なんといっても、向こうが出すと言っているのは月生《げっしょう》だ」

「月生？」

そう反復したキドの声は裏返っていた。月生は、前回の戦闘で世創部が手にした唯一《ゆいいつ》の戦果だと言える。さんざん戦って、どうにか連れ去った彼を、どうして。

「詳しい説明を聞きたいかい？」

「興味はありますが、別に。オレの頭で考えて、なにかわかるとも思えません」

「僕としても、詳細の説明は気が進まない。酒が美味《うま》くなる話じゃないからね。なら結論の部分だけ」

そう言いながら彼は、手元でピスタチオの殻を外していた。けれど上手《うま》く行かず、中身がぴょんと跳ねてテーブルに転がる。ピスタチオという奴《やつ》は、なかなかクールに食べられるものではない。

ユーリイがわざわざそれをテーブルに置いたのは、「ピスタチオの殻を外すのに苦戦する自分」をこちらに見せたかったからではないかという気がする。本当は彼は美しくピスタチオを食べられるのに、わざと失敗してみせたような。なにもかもに意図を感じるのがユーリイという人間だ。

彼はテーブルに転がったピスタチオをつまみ上げ、ゆっくりと口に運ぶ。

「僕と、香屋《かや》くん。ふたりを比べて、君はどちらを選ぶ？」

なんだ、それ。

そんなの、答えはひとつしかない。

「貴方ですよ、もちろん」

「ありがとう。では、本音では？」

本音です。――と、言おうとして、止《や》めた。

その見え透いた建前を口にするには、この男は怖すぎる。

「ぎりぎりまでは貴方を。最後の最後には、香屋を」

これが、直ちに撃ち殺されても文句は言えない返事だということはわかっていた。現チームのトップより、以前いたチームの――しかも、すでに架見崎からは消え去ったチームのトップにつくと言っているのだから。けれどユーリイが、この程度の言葉で気分を害するはずがないとも確信していた。

実際、彼はなんでもないように、軽く頷いて話を続ける。

「では、どうやってぎりぎりを見極める？」

「わかりませんよ、そんなの。考えたこともなかったから」

答えながらキドは、自身のぬるさに苦笑していた。香屋とユーリイ、ふたりが共に生き残れば、必ずぶつかり合うときがくる。そんなことも考えずにいられたのは、危機感と想像力が欠落しているからだろう。

ユーリイはまたロックグラスに口をつけ、それから言った。

「ウォーターの交渉に乗れば、香屋くんの思惑を潰すことになる」

「思惑、ですか」

「香屋くんは、架見崎に三つのチームがあることを望んでいる。もっとも盤面が安定するからね。けれど――これこそがウォーターの狙《ねら》いなのかもしれないが、彼女との交渉が順調に進んだ場合、チームがひとつ消えてなくなる」

「どこです？　平穏？」

「いや。うちだよ。エデンが消える」

「そんなにやばい話なんですか？」

「うん。危険な話なんだ。本当に」

「じゃあそれこそ、断わればいいじゃないですか」

「でもね。エデンが滅んだあとの展開も、見え透いているんだよ。ごく当たり前に、僕が勝つ。架見崎の勝者になる。だから困っているんだ。――なぜウォーターは、僕に勝ちを譲るような交渉を持ち掛けてきたのだろう？」

キドは、ユーリイの話についていけなかった。

なぜエデンが滅び、ユーリイが勝者になるのだろう。彼はどんな勝ち筋をイメージしているのだろう。ユーリイの話が本当だとすれば、ウォーターは致命的な見落としをしているのか。それとも、読み違えているのは、ユーリイの方なのか。

ふたりが盤面を挟んで互いの狙いを読み合ったなら、勝利するのはユーリイだという気がした。けれどウォーターも、得体がしれない。なんにせよついていける話ではない。

なのにその、キドにはついていけない話を、ユーリイはよどみなく進める。

「香屋くんの予定を外れ、架見崎が二チームになる。これは、君が考える『ぎりぎり』に含まれるかな？」

「さあ。あんまり、そんな感じもしませんが――」

「よかったよ。じゃあ僕たちは、もうしばらく仲間だね」

親密な笑みを浮かべて、ユーリイが右手を差し出す。

――つまり、ユーリイはウォーターの提案に乗るつもりなのか。

それでいったい、なにが起こる？　領土と引き換えに、月生がエデンにやってくる。どれほどの領土？　このチームが、潰れるほど？　なのにそれで、ユーリイが架見崎の勝者になる？

いくら胸の内で悩もうが、今すべきことはひとつだけだ。

キドは持てる限りすべての気力を振り絞り、最良の作り笑いで握手に応じた。

＊

「キドさんは、まだ戻らないのか？」

藤永《ふじなが》がそう問いかけても、リャマは返事をしなかった。じっと端末をいじっている。おそらく、こちらの質問が耳に入らなかったのだろう。

なんにせよ返事がないのは寂しいが、そもそも意味がある質問でもない。キドがまだここに帰っていないなんてことは一目瞭然《いちもくりょうぜん》だし、別に彼に会って早急に話し合いたいことがあるわけでもない。ただキドがユーリイに会っているというこの状況が、なんだか気持ち悪くて落ち着かない。

元キネマ倶楽部《くらぶ》のメンバーは今、あるマンション跡で生活している。かなりの高級マンションだったようで、一階には共有のラウンジがある。チームメンバーはそれぞれ部屋を持っているが、暇があればこのラウンジに集まる。加古川《かこがわ》なんか、毛布を持ち込んで毎夜ここのソファーで眠っている。

キネマ倶楽部を離れてエデンの一員になってから、つい最近までキドだけは別行動だった。彼はユーリイに目をかけられている――あるいは利用価値がある駒《こま》だと認められている――ため、どこかでなにか特別な訓練を受けていたそうだ。つまり、これまでよりもずっと多くのポイントを使いこなす訓練を。

けれど五日前の交戦で、とりあえずその結果に合格点をもらえたのだろう。なんと言ってもあの白猫《しろねこ》と、まずまず互角と言える戦いをしたそうだから。以降、キドもこのマンションに合流し、共に生活するようになっていた。

藤永はリャマの隣に腰を下ろし、彼の手元を覗《のぞ》き込む。

「なにをしているんだ？」

リャマは最近、暇さえあれば端末をいじっているが、検索士《サーチャー》の仕事に夢中というわけではないだろう。

彼はようやくこちらの存在に気づいたようで、今度は顔を上げて答えた。

「ワットボットの解明っすよ」

「ワットボット？」

「知りません？　掲示板に、こんな書き込みが」

架見崎の検索士《サーチャー》には、チームの垣根無く使用する掲示板がある。たとえばふたつのチームが交戦に入ったとき、その他のチームの検索士《サーチャー》たちが戦況を正確に分析するために掲示板で情報を交換するのだと聞いている。

リャマがこちらに向けた端末に映っていたのは、その掲示板の画面だった。彼はその中の一行を指さしている。

What do you want

違和感がある文面だ。「なにを求める？」という意味の問いかけだろうが、後ろに疑問符がないせいで、言葉足らずな感じがする。

藤永が口を開く前に、リャマが補足した。

「おそらく、ボットの自動投稿――このループの頭から突然始まった書き込みで、毎日決まって三六回、まったく同じ文言が投稿されてます。で、こいつがワットボットと呼ばれ始めて、なんか謎《なぞ》解きをすれば進展があるんじゃないかって暇な検索士《サーチャー》のあいだで話題になって」

「暇なのか？」

「そりゃ、よっぽどハイレベルな検索士《サーチャー》でなきゃ、交戦してないあいだはほとんど仕事ないっすからね。あとはまあ、多少の下心も」

「謎を解けば、財宝が手に入るのか？」

「もっと良いのを高望みしてますよ。――この掲示板、そもそも銀縁さんが作ったって噂があります」

銀縁。キネマ倶楽部の初代リーダーであり、チームの象徴。

藤永はリャマの言葉の続きを待ったが、彼はもう充分に説明を終えた気になっているのだろう、再び端末のモニターに目を向けた。――遅れて藤永も、彼の考えに気づく。

銀縁は前のループの終わりに死んだ。一方、掲示板の「ワットボット」が動き始めたのはこのループの頭らしい。

「それは、つまり、銀縁さんが死んだすぐあとから、あの人が作った掲示板で謎のボットが動き始めたということか？」

画面をみつめたままリャマは答える。

「掲示板の制作者については、たしかなことはわかりません。たぶんそうなんじゃないかってレベルの噂話です。でも、ワットボットはあの人が最期《さいご》に残したメッセージだって可能性がある。キネマの検索士《サーチャー》が暇な時間を突っ込むくらいの価値はあるでしょ」

「なぜ早く言わない？」

「オレも気づいたの、最近なんですよ。架見崎のチームがずいぶん減っちゃって、もうこの掲示板もほとんど意味ないから、そうそう入る機会もなくて」

「なにかわかったのか？」

「さっきも言った通り。投稿は同じ文面で、一日に三六回ずつ。加えて投稿時刻も、毎日まったく同じ——興味あります？」

「あるよ。もちろん」

リャマは端末を操作し、画面を切り替える。そこには、ただ一八個の時刻表示が並んでいた。

01：01：25　02：01：06　02：02：12　02：03：15　03：01：13　03：02：10
03：03：06　04：01：21　04：02：06　04：03：09　04：04：23　05：01：02
06：01：09　07：01：12　08：01：20　09：01：23　10：01：07　11：01：24

「頭から、時、分、秒。これで半日ぶんですが、午前、午後で同じ時刻に一八回ずつ投稿されていますから、ＡＭとＰＭの差分で計三六回。もしも銀縁さんの仕掛けなら、あの人から誰かに宛《あ》てた一八文字のメッセージが現れるんじゃないかって推測です」

説明を聞きながら、藤永はじっとリャマの手元の端末をみつめる。

なんらかの法則がみつかりそうな時刻の並びではある。けれど根本的な疑問があった。

「銀縁さんが、こんな暗号じみた方法でメッセージを送る理由があるか？」

「暗号じみたっていうか、まんま暗号なんじゃないかって気がしますね。要するに、そのメッセージを誰かに伝えたいんでしょ」

「でも、狙った相手が暗号を解読するとは限らないだろ？」

「それは――ああ。そうか」

リャマは端末の画面を切り替え、また掲示板を開く。「What do you want」をじっと睨《にら》みつけていた。なにかに気づいた――藤永は、彼の目をみてそう確信する。

独り言のような小さな声で、リャマが言った。

「ワットボット単体じゃ、メッセージを解読できない。これを解いて欲しい相手だけが知っている、なんらかの知識と合わせて考えることで答えがでないと、暗号としては成立しない」

「だが、それなら、目当ての相手にだけメッセージを送れば良い。どうして暗号を掲示板で公開する必要がある？」

「まったく、その通りなんです。情報が漏れないように文面を暗号化するってのは、別におかしなことじゃない。戦場じゃよくやることです。問題は藤永さんが言う通り、どうして掲示板で公開するのかってとこで」

「うん。だから当たり前に考えれば、こんなものただの悪ふざけだ。私は、銀縁さんとは無関係だと思うよ」

　解き明かしても大した意味があるとは思えない――そもそも、本当に解けるのかもわからない、ノイズのようなものだろう。

　けれどリャマは今もまだ、彼にしては珍しい、真剣な目つきのまま端末の小さな画面を睨んでいる。

「反論がふたつあります。まずひとつ。ただの悪ふざけでも、銀縁さんが無関係だとは限らない。あの人、悪ふざけも好きだから」

「そうだな。ふたつ目は？」

「特定の誰かにしか解けない暗号を、それでも大勢に公開することにだって意味があります。オレたちがこれを解けば、交渉のカードを手に入れられる。今、暇をしている検索士《サーチャー》たちが夢中の暗号の答えを知っているってカードです」

「それは、意味があるカードか？」

「もちろん。銀縁さん――イドはあのユーリイが信頼していた検索士《サーチャー》ですよ？　あの人が、死ぬ直前に架見崎に残した謎の解法は、オレらが手に入れられる中じゃ相当なレアカードでしょ」

　そんな風に言われれば、たしかにそうなのかもしれないという気にもなる。

　藤永は足を組み、もう一度リャマの端末をみつめる。

「なんにせよ、その暗号が解けなければ話が始まらないな」

「解けました」

「え？」

「いや、嘘です。でも、だいたい解法がわかりました」

リャマはふっと息を吐き出し、身体《からだ》を弛緩《しかん》させる。

それから彼は、「たぶんチャップリンっすね」とつぶやいた。

第一話　シナモンひと振りの戦い

1

その夜――二六日。

秋穂栞《あきほしおり》は、香屋歩《かやあゆむ》と共に平穏な国が本拠地としている教会の一室にいた。秋穂はリリィの語り係としてこの教会で生活することが半ば強制されているから、ふたりで話をするなら香屋の方がこちらを訪ねてくる形になる。今は語り係に与えられる部屋に置かれた、質の良い猫脚《ねこあし》のソファーに座り、テーブルを挟んで彼と向かい合っている。

はじめのうち、ふたりはごく当たり前に、月末に予定されている平穏な国と世界平和創造部の食事会について話し合っていた。三一日の正午にトーマがやってきて、リリィとランチを共にする。そのテーブルには、秋穂も語り係として同席することになっている。

香屋は、トーマの来訪自体はどうでも良い――というか、できればやめて欲しいけれど止めようもないと考えているようだ。チームがどうこうという前に、リリィと彼女の友人とのランチなのだから。

けれどその方法には、ずいぶん不満げだった。

架見崎《かみさき》では、チーム同士の会合には手間がかかる。どちらかがもう一方の領土を訪ねた場合、相手だけが一方的に能力を使えるため、注意深く会場を準備しなければならない。かつて平穏とPORTはその問題を解決するため、互いに自分たちのチームにいるままテーブルに着けるレストランを用意していたそうだ。つまりあるレストランのテーブルの真ん中にチームの境があり、互いに相手の能力が自分には届かない環境だった。けれど世創部とのあいだには、まだそういった便利な施設がなく、より古典的な方法を使う予定になっている。

つまりチーム同士を交戦状態にして、どちらかが一方的に有利な状態になることを避けるのだ。これは架見崎ではスタンダードな方法で、ある程度戦力を揃《そろ》えて行うのが通例だが、世創部はチームを部隊に分けていない。みんなまとめてひとつのチームで、あちらと戦力を揃えるなら、平穏側もすべてのチーム――メインチームと全部隊――が世創部と交戦中になる必要がある。

香屋が危惧《きぐ》しているのは、この「チーム同士の交戦状態」だ。世創部側がなにか仕掛けてくるかもしれないし、平穏の方も大人しくしているとは限らない。というか、シモンがなんらかのアクションを起こす可能性が高い、というのが香屋の考えだ。

これには秋穂も同意見で、今のトーマは狙《ねら》い目だ。現状、彼女は一時的に守備力を落としている。五日前の戦いで、トーマが持つ厄介なふたつの能力――「イカサマ」と「十字架」の使用回数が共に底をついたのが理由だ。イカサマとは瞬間移動の能力で、十字架の方は強力な回復能力。トーマが戦場を気ままにふらふらできるのは、このふたつの能力で守られているのが理由だが、ループで使用回数が回復するまではその盾を失っている状態だ。反対に言えば、トーマ自身は狙われやすい状態だとわかっていながら平穏を訪れるのだから、やはりあちらにも「リリィとの食事」以上の思惑があると考えるのが筋だろう。よってこのランチのことを、香屋としっかり話し合っておかなければならない。秋穂はそう考えていた。

けれど香屋は、早々にランチに関する話を打ち切った。彼は妙に気まずそうにちらちらとこちらの顔色を窺《うかが》いながら、言った。

「秋穂はどうして、ビスケット派なの？」

その唐突な質問に、思わず笑ってしまう。けれど、ソファーの上で気難しげに顔をしかめている彼をみると、どうやらただの雑談というわけでもないようだ。

秋穂と香屋、それからトーマの三人が信奉するアニメ、「ウォーター＆ビスケットの冒険」。香屋とトーマはウォーター派だが、秋穂はビスケット派を自認している。

「真面目《まじめ》に答えた方が良いやつですか？」

そう秋穂が確認すると、香屋は曖昧《あいまい》に頷《うなず》いた。

「うん。たぶん」

「たぶん？」

「色々悩んで、僕にもわけがわからなくなってきた」

「なんですかそれ」

とぼやいた直後、ふいに思い当たる。

このループの頭、香屋はどこかに姿を消していた。二日と半日くらいの時間だ。そして彼はそのときの行き先を、秋穂には秘匿《ひとく》している。いつかは話すつもりだけど、今はまだ伝えられない。なんとなく、そんな感じだった。

――じゃあいつ話してくれるんですか。

そう尋ねた秋穂に、香屋は答えた。

――たぶん、君のことがもうちょっとわかったら、かな。

これはあの話の続きなのだろう。理屈というより、幼馴染《おさななじ》みの勘のようなものでそう察した。

だから秋穂は、真面目に答えることにした。――なぜ私が、ビスケット派なのか。

「貴方《あなた》が、ウォーター派だからですよ」

たぶん、これがすべてだ。

だから本当は補足なんていらない。「あとは勝手に考えろ」くらいの、乱暴な言葉で片づけたい。けれど香屋は、決して頼りがいがあるようにはみえない、むしろ気弱そうな顔つきで首を傾《かし》げた。

「どういう意味？」

　仕方なく秋穂は、補足を口にする。

「だって、同じ考えのふたりでコンビを組んでも仕方ないでしょ？」

「そうだけど、そういう話かな」

「そういう話ですよ。貴方は、ウォーターが好きでしょう？」

「もちろん」

「ウォーター派は、ビスケットも好きでしょう？」

「そうだね」

「けれど私は、少しだけビスケットが嫌いです。だからビスケット派なんです」

　香屋の表情から、混乱がありありと透けて見えた。それは——つまりこの少年が、こちらの言葉で混乱するのは、愉快なことだ。とっても愉快で、気分が良い。

　だから秋穂は珍しく、本当に珍しく香屋にサービスした。

「オレたちは理解し合っちゃいない。ただ信頼しているだけだ」

　愛するアニメの記念すべき第一話、「ウォーターとビスケット」。その作中に登場する、ウォーターの台詞《せりふ》だ。

　秋穂は、愛する作品の引用を好まない。なんだか恥ずかしいし、ひどください感じがするから。けれど今は気分が良いから、香屋に合わせてあげる。

　——たぶん、君のことがもうちょっとわかったら、かな。

あの香屋らしくない言葉への回答は、他にない。

――オレたちは理解し合っちゃいない。ただ信頼しているだけだ。

香屋は、楽しいというよりは嬉《うれ》しそうに、もっと言うなら安心したように笑って、ウォーターの台詞の続きを口にした。

「共に歩くというのは、そういうことだろう」

「ウォーターはいつも、格好良いですね。勝っても負けても、逃げ回るときまで」

「うん」

「貴方がなにを迷っているのか知りませんが、ウォーターならきっと、ビスケットに隠し事はしないでしょう」

「そうだね。まあ、ビスケットは強いから」

「私より？」

その質問は、香屋には意外なようだった。真顔でしばらく考え込む。

秋穂は、あのアニメに登場するビスケットという少女を愛している。けれど、少しだけ嫌いでもある。なぜならビスケットは精神的に強すぎるから。あるいは、弱すぎるから。

そのふたつは矛盾しているようだが、実のところ同じことを指している。つまりビスケットは自立しており、一方で自立にこだわってもいる。

作中で、彼女の姿は多くの場合痛快だが、「少しずれているのではないか？」と感じることもある。ある関係においては、弱さを隠すよりもさらけ出した方が強く、有益だ。たとえばビスケットとウォーターのような関係において。あるいは、秋穂と香屋のような関係において。

聡明《そうめい》なビスケットはそのことを知っているはずなのに、けれどウォーターを相手にすると、意地を張って弱さを隠してしまう。その気持ちには共感できる――本当に、ひどく共感できる――けれど、秋穂は自分自身であれば、より先に進めると考えている。その気になれば、香屋に上手に弱さをみせることだってできる。

秋穂の質問が香屋にとって意外だったように、香屋の返答も、秋穂にとっては意外なものだった。

「そういえば、君を強いとか弱いとかで考えたことはなかったな」

「おや。どうして？」

「どうしてだろう。たとえばさ、僕がトーマを守ってやるなんて言ったら、冗談にしかならないだろ？」

そうでもないけれど。

トーマは香屋にひどく依存していて、だからこそ香屋にだけは弱さをみせないよう意地を張っているのだろう。まるで、ビスケットみたいに。だから香屋は勘違いしているけれど、あの子だって普通に弱いただの人間だ。――少なくとも、そういった「ただ弱い」側面も持っている。

けれど「トーマ論」みたいな話になって、このトークのテーマが迷走するのも面倒で、秋穂は適当に頷く。その首の動きひとつで満足したようで、香屋は続けた。

「でもさ、考えてみると僕は、もしかしたら君を守れると思っていたのかもしれない」

「いいじゃないですか。存分に守ってください」

「そう？　客観的にみると、僕の方が君に守られる立場でしょ」

「私になにができるっていうんですか」

「え？　知らないの？」

「まあ、知ってますよ。本当は」

秋穂にとって、香屋やトーマは仰ぎ見る存在だ。もしも争うことになったなら勝ち目がない、はじめから戦おうとも思わないような相手だ。

けれど秋穂は別に、自分が無価値だと思っているわけでもない。それなりのことは、なかなか上手《うま》くやれる。というか、秋穂自身が「できる」と考えたことは、ほとんど確実にできる。できないことは始めからできないとわかっているから、ずいぶん使い勝手の良い駒《こま》ではないかと思う。

けれど香屋は、そういった実務的な能力には触れなかった。きっと、彼にとってはより具体的な話をした。

「このあいだ、ホミニニが死んだんだ。僕の目の前で死んだんだよ」

「知っていますよ。さすがに、それくらい」

「思いのほか、取り乱さなかったな。アズチのときはもっと怖かった」

「まあ、あちらの場合とは、関わり方が違いますから」

アズチは、ほとんど香屋が殺したようなものだ。実際に最後の引き金を引いたのはキドで、その照準を合わせたのは藤永《ふじなが》だが、状況は香屋が用意した。香屋の作戦と殺意で、アズチは死んだ。

香屋が続ける。

「それは、異常なことなんだよ。僕が正常なら、ホミニニが死んだとき、もっとショックを受けていたはずなんだ。人間が死体になることに慣れていいはずがない」

真顔でそんなことを言うから、やはり香屋歩はどこかおかしい。

ここにきて、今さら。架見崎の殺し合いで彼の特性を存分に発揮していながら、それでもまだ自分自身は正常でいられると信じているのだから、思考のベースが異常だ。

おそらく、ひとつの結論として、香屋は言った。

「もしもあのとき、君がすぐ傍にいたなら、僕はもっとホミニニの死で苦しめたはずなんだよ。安心して、戦場から逃げ出して、震えていられたんだ。きっと」

それは、まあ、秋穂にしてみれば、とても気分の良い話だ。

「そのことが、貴方にとっては重要なんですね？」

「うん。とても」

「それで？」

「たぶん僕は、根っこからずれてたんだよ。きちんと君に守ってもらうつもりなら、隠し事なんてまったく無駄だ」

「私だって守られたい派ですよ」

「それは僕の知ったことじゃない。秋穂。君も僕も、初めから人間じゃなかった」

うん？　と秋穂は首を傾げる。

香屋がなにか、ひどく不穏なことを口にした気がした。

「なんか話の流れ、へんじゃなかったですか？」

「そう？　どこが？」

「どこと言われるとわかりませんが、不意に私への配慮が投げ捨てられた感じがしましたよ？」

「だから、わりと長々と、配慮を投げ捨てる説明をしたでしょう」

「かもしれませんが、ぜんぜん足りないっていうか。——人間じゃない？」

改めて口にしてみても、まったく意味不明だ。

けれど香屋は、平気な様子で続ける。

「このあいだ、トーマと『現実』に行ってきたんだよ。本当は僕もなにを現実と呼ぶべきなんだかわかんないけど、まあその辺りは雰囲気で察して。まとめると、僕や君が架見崎に来る前の世界も別に現実じゃなくて、アポリアってすごいコンピュータで演算された架空の世界だった。僕たちは最初から、データでしか存在しない」

「だから、急に、雑なんですよ」

香屋の言葉に、衝撃を受けたわけじゃない。というか、まだ衝撃まで理解が及んでいないのだなと他人事《ひとごと》のように考える。

でも、妙にそわそわしていた。観劇に行ったとき、席に着くとやがて客席の照明が消えて、BGMがその音量をどんどん増していく。盛り上げるだけ盛り上げて、幕が上がる直前、そのBGMがふいにフェイドアウトする。あのときの、宙に放り出されるような不安感に似ている。

きっとこの感情が、やがて具体的な形を持つのだろう。それがどんな形なのかはわからない。けれどやがて秋穂の胸の中に、確かな重みを持って居座る。その予感だけがある。今はまだ凪《な》いでいる、混乱の予感。

香屋の方は、妙にすっきりした顔で続ける。

「こんな話を秋穂にしたら、いくら君だって傷つくんじゃないかと思ってたんだけど、よく考えればなにで悩んでるんだよって感じだ。君が言う通り、ウォーターならビスケットにこんな隠し事はしない」

いや。勝手に納得されても困る。この話をやり直したい。最後まで隠し通せとは言わないけれど、もっとこちらへの配慮を求めたい。

「それで、ヘビのことなんだけど――」

香屋が話を進めようとするから、秋穂は手を振ってそれを遮る。

「待って。まだ処理できていません」

「オーケイ。五分くらい？」

「時間は知りません。せめて抱きしめてください」

「いいけど、意味ある？」

「意味なんてもん、後付けで考えます。とりあえず貴方の頭で想像し得る最大限で私を気遣ってください」

「難問だな。ケーキでも用意する？」

「そうじゃなくて——いえ。それもください」

たしかにケーキは欲しい。ホールで欲しい。あとは濃く淹《い》れたアールグレイ。

香屋は、指示通りこちらを抱きしめることにしたのだろう。ソファーから立ち上がる。

秋穂の方も身構えたが、ちょうどそのとき部屋のドアがノックされた。秋穂はふっとため息をついて「どうぞ」と応《こた》える。

ドアが開き、現れたのはリリィの世話係のひとりだ。眼鏡をかけた、四〇代半ばほどの女性——リリィの食事の準備を担当しており、秋穂にもごはんを出してくれる。

「失礼いたします。夕食をご用意しました」

彼女はふたりぶんの食事が載ったサービスワゴンを押して入室する。

「ありがとうございます。そのへんに置いておいてください」

「では」

頭を下げて退室しようとした彼女を、香屋が呼び止めた。

「待って。ケーキってあります？」

食事係の女性が足を止め、困った風に苦笑を浮かべた。

「冷凍のものでよければ。生鮮食品がない時期ですから」

「それ、欲しいっていえばもらえるものなんですか？」

「聖騎士と語り係がご所望でしたら、それくらいは」

平穏な国では、各部隊のリーダーは聖騎士と呼ばれる。けれどこの呼称を、秋穂も香屋も気に入っていないから、普段はまず使わない。

「じゃあ、お願いします。すみません」

香屋がそういうと、彼女はもう一度頭を下げて、今度こそ退室した。

部屋に残されたワゴンを、ちょうど席から立ち上がっていた香屋が押して、秋穂の前のテーブルまで運ぶ。

「恵まれた生活だね」

「ええ。語り係は大事にされてますよ」

おそらくシモンが、このチームを裏で牛耳っていたころから変わらないルールなのだろう。食事は勝手にやってくるし、ベッドも綺麗《きれい》に整えられるし、洗濯物も出しておけば洗われて返ってくる。諸々《もろもろ》の不安を別にすれば、サービスの行き届いたホテル暮らしのように快適だ。

「抱きしめる？」

と香屋が尋ねる。

「ごはんのあとで」

と秋穂は答える。へんな間ができてしまったせいで妙に気恥ずかしいし、せっかくの食事が冷めてしまうともったいない。

今夜のメニューは、付け合わせに色とりどりの温野菜を使ったハンバーグと、コーンスープとライスだ。しっかりとしたメニューだが、おそらく大半が冷凍やレトルトのものだろう。もう数日後にループが控えているのだから、いくら平穏な国でも、ごく一部の特権階級を除けば即席麵《めん》で生活している時期だ。

香屋は秋穂の言いつけ通り、できるだけこちらを気遣うことにしたのだろう。ふたりぶんの料理をテーブルに並べ、秋穂のグラスに水を注いでから向かいに座った。

いただきます、と共に手を合わせる。気持ちが少し落ち着いて、また考えた。

――私は、始めから人間ではない。

そんなことを言われても困ってしまう。だいたい人間ってなんだ。人間じゃなかったらどんな不都合があるっていうんだ。いや、まあ、こんなことをくよくよと考えているのだから、なにかしらの精神的な不都合はあるのだろう。けれど、落ち込み方もよくわからない。香屋の説明が雑すぎるのがいけない。

秋穂はとりあえず、コーンスープを口に運ぶ。――美味《おい》しい。なんだか少しだけ、複雑な風味が隠されているような気がする。リリィの食事係は仕事が丁寧だから、ただ缶のコーンスープを温めただけではないのだろう。

秋穂はスープの味に満足していたが、向かいで、ライスを口に運んだ香屋がふいにそれを吐き出した。

「汚いなあ。熱かったですか？」

「なんかこれ、へんな味がする」

香屋は話しながら、洗面所に駆け込んだ。おそらく毒が盛られた可能性を想像し、すぐにでも口の中を洗い流したいのだろう。

――シモンが、私たちを毒殺しようとしている？

あり得ないことではない、だろうか？　たしかに彼からみれば、秋穂や香屋は邪魔者だろう。けれど現状では、利用価値もあるはずだ。簡単に殺すという判断になるのも、不自然なようにも思える。

悩みながら秋穂は、自身のライスをフォークで持ち上げ、鼻を近づける。

「たしかに、ちょっと変な匂《にお》いがしますね。なんだか少し甘いような」

「でしょ？　危ないよ」

「なんだろう、これ。――ああ」

秋穂はライスを、口に運ぶ。「止《や》めときなよ」と香屋が叫ぶが、問題はないだろう。

この味は、知っている。

「シナモンですね」

「シナモン？」

「そういえばこのあいだも、同じようなことがありましたよ」

たしかリリィの部屋で、お茶請けに出されたフィナンシェを食べたときだ。あのときもシナモンの味がした。思えばコーンスープに感じた不思議な風味も、シナモンなのかもしれない。

でも、どうして？　リリィがシナモンを愛しており、彼女の食事係はそれをあちこちに乱用しているのだろうか。けれど、ライスにまでシナモンを加えるのは、さすがにやりすぎではないか。

香屋がまた、向かいの席に戻った。彼は真面目な顔つきで、テーブルの料理をみつめている。「シナモン」と小声でつぶやいた。

「食べても問題はないと思いますが、気になります？」

「なる。とても。料理を検索士《サーチャー》に回そう」

「シナモン味の毒？」

「かもしれない。けど、もっと危険なことかもしれない。つまり僕たちの命が狙われているよりも、もっと」

彼がどんな可能性を怖《おそ》れているのかはわからないが、それはまあいつものことだ。香屋歩とは、常になにもかもを怖れているものだ。

秋穂にとって、大事なことは別にある。

「私との大事な話を放り出して、シナモン程度で悩まないでくださいよ」

ハグとケーキが先だろう。どう考えても。

けれど香屋の頭はすでに、シナモンで埋まっているようだった。

「時間がないかもしれない。効率的に話を進めたい。検索士《サーチャー》が食材を調べているあいだに、君にはアポリアとヘビの説明をしよう」

ふっと秋穂は息を吐き出す。ある場面では、効率的であることがどれだけ非効率なのか知らないのだ。この馬鹿《ばか》は。

仕方なく秋穂も思考を彼に合わせる。

「使うのは、うちの検索士《サーチャー》で大丈夫ですか？」

平穏の検索士《サーチャー》にはシモンの息がかかっている。香屋が感じている脅威がシモンの思惑に関することなら、別のチームの検索士《サーチャー》を使わなければならない。それはずいぶん面倒だが、いちおう、世創部とエデンそれぞれに窓口があるから、まったく不可能ということもない。

忙《せわ》しなく人差し指でテーブルを叩《たた》きながら、香屋が答える。

「まずはシモン派の検索士《サーチャー》でいい。でも、この食事だけでは足りない。今、平穏にあるすべての食材を――できるなら架見崎中の食材を検索《サーチ》したい」

それから彼は苛立《いらだ》たしげに、「これは、君のやり方じゃないだろ」とぼやいた。

――君とは、いったい誰だろう？

答えは、悩むまでもない。

香屋がこんな言い回しで表現するのは、トーマの他に思いつかない。

2

翌日——二七日。

その日の早朝、トーマの元に、エデンからの連絡が届いた。

ユーリイに提案していた、あるトレードへの返答だ。世創部はエデンに、月生《げっしょう》を引き渡す。代わりにエデンから、その領土の九割をもらい受ける。

こんなの、本来、成り立つはずがないトレードだ。月生の価値は、チーム領土の九割なんてものよりずっと大きい。もちろん領土だってあるに越したことはないが、絶対に必要なのは食料くらいで、必要最低限のそれさえ確保できていれば、あとは七〇万ポイントもの強化《ブースト》を使いこなせる月生と比較できるものではない。というか月生がいれば、いくらでも暴力で領土を取り返せる。

——だからこんな提案をこちらから仕掛ければ、疑われて当然だけどね。

それでもユーリイは交渉に乗るだろう。そうトーマは考えていた。

ユーリイとの読み合いなんてしたくない。まったく勝てる気がしない。けれど香屋を抑え込むには、ここで多少の冒険をしなければならない。そして、ユーリイでさえ読み切れないようなややこしいカードは、トーマの手元には月生しかない。

今、月生には、伝説の強化士《ブースター》以上の価値がある。ヘビをその身に宿しているという価値だ。だからユーリイからは、「世創部側がエデンにヘビを送り込もうとしている」という風にもみえるはずだ。確信はなくても、それを疑う。

ヘビという毒薬に、ユーリイは手を伸ばすのか、回避するのか。彼の思考を読み切ることはできないが、ユーリイであれば「手を伸ばす」方を選ぶだろうと予想していた。トーマの想像を超えたすごい作戦で、ヘビでさえコントロールする方法をみつけだすのではないかという気がしたからだ。脅威は遠方に追いやるより、手元に置いた方が良い。ユーリイならそう考える。

実際、ユーリイからの返信は、トーマの想像通りではあった。いや。ある意味では、想像以上だ。

――素晴らしい提案をありがとう。では、今すぐ交換しよう。

今すぐ。早い。彼の意図を考察する暇がない。こちらから仕掛けた交渉なのに、あちらが主導権を握ろうとしている。

「このチームに、エデンが宣戦布告した」

わざわざ言うまでもないことを口にしたのは、パンという名の少女だった。

彼女とトーマは今、もともとはミケ帝国が本拠地としていた学校の、校長室の応接用ソファーで向かい合っている。

エデンからの宣戦布告の連絡は、トーマの端末にも届いている。現在、午前七時四〇分

――開戦は二時間後、九時四〇分になる。

「戦闘にはならない。領土を引き渡すためだけの交戦だよ。あちらが降伏し、オレたちは新たな領土を手に入れる。今夜は高級ホテルの大きなベッドで眠れる」

「本当に、ヘビを差し出すつもり？」

「まだ迷ってる」

トーマはもともと、ヘビ入りの月生をユーリイの元に送り込むつもりだった。けれど、ループを迎える前にヘビを出すのは、やはり怖い。

ヘビはこんな能力を持つ。

【能力名／未登録　一〇〇〇Ｐ】

この能力の使用者が他のプレイヤーにより殺害された場合に効果が発動する。

使用者は以降、自身を殺害したプレイヤーの視覚と聴覚を共有する。

さらに一ループ中に合計で一二秒間、殺害したプレイヤーに成り代わり、その肉体を「能力の使用者自身」として使用できる。この状態を「支配」と表現する。支配中に獲得したポイントは能力の使用者のものとなる。

使用者はこの能力の発動後、ループのたびにポイントの支払いが発生する。その支払い額は五〇〇〇Ｐから始まり、次のループを迎えるたびに倍になる。ポイントを支払えなかった場合、この能力は効果を失い、使用者は完全に消滅する。

この能力は次の拡張が可能。

支配する時間の延長（一秒）：一〇〇P

つまり一ループ中に一二秒間だけ、ヘビは月生の肉体を「支配」できる。

けれど今回のループでは、すでにその一二秒間を使い切っている。無防備な状態のヘビを、ユーリイに渡して良いだろうか。

足を組んで、トーマは続ける。

「もしもオレがユーリイなら、ヘビを消し去ろうとはしない。そんな判断、できるわけがないんだ」

おそらくユーリイは、香屋から架見崎の真実を――つまり架見崎どころか、自分たちがこれまで「現実」だと信じていた世界さえアポリアによって演算された虚構なのだという話を聞いている。

その状況で、ヘビを簡単に消せるわけがない。ヘビはアポリアそのものとさえ言えるのだ。あまりに貴重な情報源で、しかもユーリイは洗脳能力を持つ。その能力の詳細は不明だが、当たり前に考えれば、ユーリイはヘビを洗脳して情報を引き出そうとする。

そして、ユーリイの元に渡ったなら、ヘビは内側からエデンを壊すだろう。ヘビはきっと、ユーリイの思惑さえ読み切り、その上をいく。――こう考えながら、トーマはふと浮かんだ疑問をそのまま口にした。

「ねぇ、パン。ヘビとはいったい、なんなの？」

彼女はペットボトルのミルクティーに口をつけてから、軽く答える。

「知っているでしょ？　貴女《あなた》の父親を再現することを目指して作られたＡＩ」

「違う。本当に父さんの再現なら、白猫《しろねこ》さんには勝てない」

ホミニニが死んだ戦いで、ヘビは月生の身体《からだ》を支配し、ほぼ同じポイントを持つ白猫に勝利した。厳密には月生の方が、やや強化《ブースト》のポイントが上だったが、それでもただの研究者が肉弾戦において白猫に勝利するというのは異常だ。

「ヘビは私の父親の再現でもある。でも、きっとそれだけじゃない」

トーマの言葉に、パンは悪意を感じる笑みを浮かべる。

「今、『私』って言った？」

「どうでも良いでしょう。そこは」

トーマは架見崎では――つまり、ウォーターとしては、一人称に「オレ」を使う。例外は香屋や秋穂と話すときくらいだ。けれど、父――冬間誠《とうままこと》の話題だったからだろうか、つい「私」の方を口にしてしまった。少し気恥ずかしい。

パンは、意外に真面目にトーマの質問に答える。

「ヘビとカエルでは、設計の思想がまったく違う。カエルには冬間誠の人格の再現が期待されている。でもヘビはそうじゃない。冬間誠と同じ思考と決断が可能なＡＩを目指して作った」

「つまり、話していてオレの父さんに似ているのはカエルで、テストなんかで同じ答えを出すのはヘビってこと？」

「オレ？」

「いちいち引っかからないでよ、そんなとこ」

「正直、私にだってヘビがどこまで冬間誠に似ているのかはわからない。それはテストできるものではないから。でも、貴女は自分の父親をなめてるんじゃない？　アポリアの開発者が、アポリア内で最強だったとしても、なんの不思議もないでしょ」

自慢げなパンの言葉に、トーマは「かもね」と答えて受け流す。

なんにせよヘビが、異常に優秀なのはほぼ間違いない。白猫を上回るほど上手に身体を動かし、おそらくはユーリイの考えすべてを見透かすほどに賢い。

ノックの音が聞こえた。エデンからの宣戦布告に驚いた誰かが、トーマの指示を仰ぎにきたのだろう。

パンが言った。

「このチームは重要ではない。大切なのは、ヘビだけ」

トーマは席を立ち、ドアに向かいながら答える。

「そうだろうね。君にとっては」

「とても複雑な返事になる。けれど、それを言葉にしている時間がない」

「貴女は？」

平和的な交渉の一環とはいえ、エデンから宣戦布告を受けているのだ。不意打ちで――あるいはトーマもユーリイも予期していない誰かの暴走で――本当の戦闘が始まらないとも限らない。

――私は、未来を怖れなければならない。

まるで香屋歩のように。

すべてを警戒することはできなくても、できる限りを警戒する必要がある。

＊

平穏な国からみたその交戦は、まったくわけがわからなかった。

まるで唐突な、エデンから世創部への宣戦布告。そしてそのタイマーが回り始めてから開戦までのあいだに、エデン内でポイントが劇的に変動した。市民のみならず戦闘員からもポイントが徴収され、それらがごく一部の精鋭に流れる。人員をかき集める世創部とは正反対の方法――まるでチームを構成する人たちの大半を切り捨てるような、コンパクトで強力な戦闘集団の誕生。

その報告を受けた香屋は、まず大規模な戦闘の発生を想像した。本当に、全力で、エデンが世創部を潰《つぶ》しにいくのかと思った。けれど、違うなら。

──もしユーリイが、エデンの大半を放棄しようとしているなら。

これが、トーマの狙いなのは明白だ。香屋はすでに、あの「シナモンの香り」の正体について、検索《サーチ》の結果報告を受けている。

ライスから香ったシナモンに、それ以上の特徴はなかった。ごく安く、ごく単純な能力の効果だった。対象としたものに、ほんのわずかにシナモンの風味を加えるだけの。それだけの、平穏にとっては絶望的な能力。

どんな交渉があったのか知らない。けれど、もしもユーリイがエデンの大半を世創部に明け渡すなら、それは間違いなくシナモン作戦の仕上げだ。

──ユーリイに連絡を取るか？

情報を共有し、再び彼と手を組めるように交渉するか？　──いや。おそらく無意味だろう。ユーリイはきっと、あのシナモンを意に介さない。だってあれの効果は平穏を苦しめるだけで、ユーリイにとってはなんの障害もないのだから。

香屋は親指の爪《つめ》を噛《か》む。

次のループできっと起こることを、平穏は耐え抜けるのか？

──乗るな。

と香屋は自分に言い聞かせる。

トーマのやり口に乗るな。その線じゃ勝ち目がない。もっと。困難をもっと素直にみつめろ。より広い視野でそれを乗り越える道を探せ。

エデンと世創部の戦いは午前九時四〇分に開戦した。そしてその二分後にはもう、架見崎の南半分が、ほとんどすべて世創部のものになっていた。

＊

実のところユーリイは、開戦のぎりぎりまで迷っていた。

――このまま、ウォーターのチームに攻め込んでしまおうか。

ヘビはまだ動かない。テスカトリポカの検索《サーチ》を信用するなら、月生の中の怪物はすでにこのループの稼働《かどう》時間を使い果たしている。ウォーターも能力の使用回数を大きく消費しているし、さすがにもう、エデン内に裏切り者――世創部の手駒は残っていないと考えて良いだろう。少なくとも「敵に回ると大きな被害を受ける駒」は、ひと通りチェックが済んでいる。

それでも戦闘を避けたのは、ウォーターの動き方次第では、こちらが不利になる展開が想定されたからだ。エデン対世創部だけであれば楽に勝ち切れるが、隣に平穏がある。リリィはウォーターの亡命を受け入れるかもしれない。ウォーターが月生と白猫を連れて平穏に逃げ込んだなら、戦力面でエデンは少し不利になる。香屋歩が架見崎に三つのチームを残したがっているのは、「どこであれ三分の二が手を組めば残りの一チームを上回る」このバランスを維持したいからだろう。

午前九時四〇分に開戦したその戦いは、たった二分間でほぼ役割を終えた。月生が引き渡され、エデンの領土の大半が世創部のものになる。エデンとして残ったのは架見崎の東端の一区画のみだった。

ユーリイはこの領土の引き渡しで、住民たちに関してはとくに手を回さなかった。彼らはエデンの部隊が消えたことで、所属チームを失い、データ上は無所属になっているはずだ。それでエデンから弾《はじ》き出される人間は、三六〇人にのぼる。

その無所属化した三六〇人は、おそらく大半が世創部に加わるだろう。きっと、これもウォーターの狙いのひとつだ。彼女は架見崎の人員をかき集めたがっている。それに関しては、ユーリイは「ぜひどうぞ」と考えていた。

ユーリイがエデンの一員として残した人材は、合計で二七人だけだった。

もちろんひとりは、ユーリイ自身だ。それから、タリホー、テスカトリポカ、馬淵《まぶち》、ワダコ。ニッケルは世創部側の人間だと判明しているが、能力「例外消去」が有用なので手放せない。撫切《なでぎり》も裏切りの懸念《けねん》があるが、彼の能力も手放したくない。元ロビンソンリーダーのパラミシはふたり、元メアリー・セレストリーダーの宵晴《よいはる》は三人、それぞれ重用している部下がいるようだ。キドを筆頭とした元キネマの七人は結束が強く、どれも切り離しはできない。他に、元PORTでまずまず使える検索士《サーチャー》をふたり、強化士《ブースター》を三人。ここまでで計二六人。さらにもうひとり、こちらは戦力というよりも「便利な道具」としての捕虜がいる。

隣を歩くテスカトリポカが言った。

「ずいぶんコンパクトにまとめたものね」

「そうかい？　もう少し身軽になりたかった」

本当は一五人ほどまで削りたかったのだけど、キド、パラミシ、宵晴の三人に気を遣った結果だ。

ともかく、これからのエデンは二七人のチームになる。とはいえそのエデンというチームも、間もなく消えてなくなる予定ではあるけれど。

ふたりの歩調は速い。ユーリイは足が長く、テスカトリポカはきっとせっかちなのだろう。おかげで、どちらかがもう一方に歩みを合わせる必要もない。最良ではないが次善ではあるなとユーリイは考える。

向かっているのは、わずかに残されたエデンの領土内のレストランだ。領土の代わりに世創部から受け取った月生に会う予定だが、ついでに食事を済ませてしまおうというプランだった。今朝は事務的な作業で忙しく、まだ朝食をとれていない。

店内には、五人がいた。うち四人は立っている。タリホー、馬淵、キド、ニッケル。対してひとりだけ席についた月生は、足を組んで新聞を広げ、コーヒーを飲んでいる。

ユーリイは笑みを浮かべて、月生のテーブルに近づく。

「待たせてすまないね。ちょっと遅れてしまったかな？」

月生は新聞をたたみ、彼の方も微笑《ほほえ》んだ。

「さあ。私は、なにもスケジュールを聞かされていないものですから」

「もし食事がまだなら、僕とのブランチがスケジュールだ」

「ご一緒しましょう。そのあとは？」

「戦況はどこまで？」

「なにも」

「君を手に入れるために、エデンは領土の大半を放棄した。ここでは狭苦しくて気が滅入《めい》る。森林浴なんかどうだろう？」

「平穏？」

「あそこの山は、悪くない。洒落《しゃれ》たチャペルも建っている」

「戦争ですか？　同盟ですか？」

「どちらでもない。僕は彼らのチームメイトになりたい」

二七人まで数を減らしたエデンが、そのまま平穏な国の部隊になる。

実のところ、現在でも、ポイントでみればエデンが圧倒的な架見崎の第一位だ。世創部が九三万ポイント。平穏が八五万ポイント。対してエデンはたった二七人で――実質的には二六人で、一六五万ものポイントを持つ。エデンと平穏が組めば、ごく簡単な詰め将棋で世創部は落ちる。

月生が、わずかに顔をしかめてみせた。

「平穏にとっては、薄気味の悪い話ですね。貴方がチームに加わるというのは」

「そうかい？　世創部という共通の敵がいる」

「あのチームはまだ、貴方ほどの脅威ではないでしょう」

「どうかな。僕は世創部が、時限爆弾のようなものだと思っているよ」

ウォーターが、力のない市民たちをかき集める理由。架見崎のルールに則《のっと》って考えると、簡単に思いつく答えがひとつある。その非人道的だが圧倒的な効果を生む方法を、かつてPORTの円卓では「栽培」と呼んでいた。ユーリイは続ける。

「市民を、ひとり殺せば一〇〇〇ポイント。次のループの頭に一〇〇〇ポイント持った新人が現れる。今回のトレードの結果、あのチームの人員は実に架見崎の四分の三――七五〇人を超える。五〇人の兵士を残し、七〇〇人殺せば、ループごとに七〇万ポイントの収入だ。二ループ先には、エデンと平穏の合計値に世創部が肉薄するね」

「ウォーターのやり方ではない」

「知らないよ、そんなことは。けれど机上の計算じゃあそうなる。だから、平穏に選択の余地はない」

ユーリイが合流したいと言えば、もちろん平穏は怪しむだろう。余裕があればごねるだろう。けれど今は、悠長なことを考えていられない。世創部が膨大なポイントを生み出す栽培地を手に入れたのだから。

平穏は、世創部が大量のポイントを生み出す前に動かざるを得ない。そしてそれは、ユーリイにとってはこの上なく有益な状況だ。平穏に迷う暇がないあいだにあのチームの内側に踏み込み、状況を整えながら世創部を潰す。

「ウォーターがなにを計画していたとしても、次のループ中であれば、一方的に世創部に勝利できる。平穏はこの話に乗るよ」

「平穏な国は戦闘の放棄を掲げています」

「なら世創部から攻めさせればいい」

「どうやって？　ウォーターも、簡単には仕掛けない」

「あのチームには弱点がある」

　ウォーターとリリィは戦闘を避けたい。けれどユーリイは戦闘したい。よって、ユーリイの目先の目標は、「平穏と世創部のあいだで戦闘を発生させること」になる。

　この視点でみたとき、世創部は脆《もろ》い。なぜならあのチームは、ウォーターが圧倒的なリーダーでありながら、戦力面では白猫に頼った、実質的にはミケ帝国だからだ。

「月生さん。人の怒りには、いったいどれほどの種類があるだろうね？」

「さあ。カテゴリーにわければ、意外に少ないんじゃないかという気がしますが」

「うん。僕もそう思う。怒りというのは、案外シンプルなんだろうね。そして人の怒りより、猫の怒りの方がいっそうシンプルだろう」

　ユーリイは、ウォーターを戦場までエスコートする方法を知らない。彼女については、まだそれほど詳しくないからだ。

　けれど白猫であれば簡単だ。彼女が戦意を理性で押さえつけるはずもない。そして白猫が動けば、世創部すべてが動く。そうでなければあのチームはばらばらになってしまう。

世創部が本当に戦闘を避けたいなら、白猫というカードを手札に加えたことがあのチームの弱点だ。

月生は軽く眼鏡を押し上げ、気難しげな顔つきで、なにか考え込んでいた。それから彼は珍しく、苛立《いらだ》った様子で言った。

「ウォーターを倒した、その先は？　平穏同士で殺し合いですか？」

「どうかな。僕は、平和的に話をまとめられるつもりでいるよ」

「かつて私も、そう考えていました」

「うん？」

「いえ」

月生はコーヒーカップに手を伸ばす。話が一区切りしたのだろう。

ユーリイは、テーブルのメニューを開いた。ここに載っている料理はすべて出せるように準備しておくよう指示しているが、こういった我儘《わがまま》はしばらく慎まなければならないだろう。エデンは領土と共に、大量の物資を失っている。

「さあ、食事をしよう。けれど、その前にもうひとつだけ」

ユーリイはぱちんと指を鳴らす。

月生の背後――五メートルほど離れた距離で、ニッケルが端末を取り出す。彼は裏切り者だが、自分の立場はよくわかっている。こちらの駒が揃《そろ》っているこの状況で、指示に逆らうようなことはしない。

　ニッケルが端末を叩《たた》いた。範囲内の、すべてのその他能力《オリジナル》を消し去る能力――「例外消去」の発動。

　もしもまだ月生の中にヘビがいるのなら、これで消えてなくなるはずだ。それは残念なことだった。ユーリイはできるなら、ヘビと話をしてみたかった。けれどまあ、仕方がない。

　――おそらくヘビは、優秀すぎる。

　ポイントの多寡《たか》を無視した、純粋な戦闘力では、架見崎のナンバー1は白猫だ。それがこれまで常識だった。けれどヘビは、彼女を超えた。

　読み切れないものを、無理に読もうとするべきではない。ニッケルがその能力につけた名前の通り、「例外」は「消去」してしまうのが適切だ。なぜなら今、架見崎でもっとも勝者に近いのはユーリイなのだから。波乱はいらない。

　ニッケルはたしかに、例外消去を使った。

　けれど、テスカトリポカが首を振る。この場にはヘビがいない。

　ユーリイは微笑んで、目の前の月生をみつめる。

「そうか。月生さん。貴方は一度、死んだのか」

　ヘビは感染する。それが宿ったプレイヤーを殺せば、殺したプレイヤーに移動する。すでにヘビは別のプレイヤーに移っている。

　月生は普段通りの、落ち着いた様子で答える。

「はい。ほんの三〇分ほど前に。一度死んで、生き返りました」

「誰が殺したの？」

「私にもわかりません。端末を奪われたまま、目隠しをされ、背後から攻撃を受けた。再び意識を取り戻したときには、目の前にパンがいた。これが私の記憶のすべてです」

今、ヘビは、どこにいる？

「なるほど」

ウォーターは、ヘビをこちらに送り込むのではないかという気がしていた。彼女がどこまでユーリイの能力を読み解いているのか次第だが、もしも深いところまで理解が届いているなら、一度はこちらにヘビを預けるのではないか？　ユーリイであれば選ばない方法だが、ウォーターはそういうギャンブルを好む印象だった。

――思いのほか、堅実だね。

ヘビはまだ世創部に留まっている。

「テスカトリポカ。君になら、ヘビの居場所がわかる？」

「調べてみるけど、期待はしないで。ヘビは表に出てくるまで、検索《サーチ》にひっかからないと考えた方がいい」

「月生さんの殺害犯をみつけるだけだよ」

「簡単に言わないで。交戦状態になる前に他チームで起きたささやかな事件の痕跡《こんせき》を検索《サーチ》できたのは、イドくらいよ」

「君なら彼を超えられる」

「本気で言ってる？」

「もちろん」

もちろん、嘘《うそ》だ。イドは特別な検索士《サーチャー》だった。代わりはいない。

ユーリイは再びメニューに目を向けて、「オレンジジュースと、パンケーキにストロベリーソースを添えて」と注文した。

――ヘビは、どれほどの脅威だろう？

胸の中では、仄《ほの》かな恐怖と安堵《あんど》とが同時に広がっていた。――ああ。こんなことで簡単に、ヘビが消えてしまわなくてよかった。

ユーリイはまだ、自分自身がヘビに勝利できるのかわからない。

わからないことが、快感だ。

＊

同じ日――世創部とエデンとの交戦が発生した日の昼下がり、平穏な国に、ユーリイから「合流したい」との連絡が届いた。

呑《の》むしかない提案だなと、香屋は考える。

リリィもシモンもそう考えている。だって、平穏にとって条件が良すぎる。こちらの倍のポイントを持つチームが「あなたの下につきたいです」と言ってきたのだから。

しかもエデンは、月生さえ手にしている。あの人のポイントは世創部に徴収されたようだが、それでも圧倒的な戦力であることに変わりはない。たとえばエデンが持つポイントの三分の一を月生に回せば、それだけで架見崎に敵はいない。

——まあ、ユーリイは、まだましだ。

強すぎるから、怖さがわかりやすい。ユーリイを好きにさせれば、まず間違いなく世創部を滅ぼすし、平穏は乗っ取られる。その前提で今後のプランを考えれば良い。

香屋にとってより怖いのは、やはりトーマの方だった。彼女は、強さの種類がユーリイとは違う。もっと得体が知れない——あいつは、すでに香屋が想定していた「トーマの戦い方」の範疇《はんちゅう》から外れている。トーマとはヒーローなのだと思っていた。善と悪にわけるなら善で、情と非情にわけるなら情だと思っていた。だが、もう違う。

あいつは本気でこの架見崎のゲームに勝利しようとしているのだろうか。あるいは、本気で、魔王みたいなものになろうとしているのだろうか。香屋が打ち倒すべき最後のボスに。どちらにせよ、一手が残酷だ。

検索士《サーチャー》の報告では、平穏の保存食の実に八割からシナモンの香りを感知したという。味や匂いが強い食品からはほぼ一〇〇パーセント——つまり計画的に、あの香りに気づかれないよう準備が進められてきた。おそらくは、何ループも前から。

香屋は片手で顔を覆《おお》う。

——ただ目の前の問題に対処するだけでは足りないんだ。

どうにかひとつ問題を乗り越えても、そのあいだにあちらは次の攻撃の準備を終えている。だから、いつまでも防戦が続く。それを覆《くつがえ》す劇的な一手がいる。

――ユーリイの合流は、呑むしかない。

もう一度、そう考えた。

トーマはこれまで、ずいぶん上手に準備を進めてきた。香屋の想像を超えていた。けれど彼女は、月生を手放した。ユーリイと共に、月生が帰ってくる。

それは、ほとんど完璧《かんぺき》なトーマが、ひとつだけみせた綻《ほころ》びかもしれない。

3

三一日――ループの日。

予定通りにトーマは、平穏な国を訪れていた。

実のところそれは、意外なことだった。香屋であればこちらの手の内を読み、なにかしらの物言いをつけてくるだろうと予想していた。けれど彼からのアクションがないのは、運よくまだシナモンの香りには気づかれていないということだろうか。それとも、今さらばたばたと慌《あわ》てても仕方がないと割り切ったのだろうか。

移動には軽自動車を使った。平穏の領土内の、カーブが多い山道をゆっくりと走る。運転席に座るのは紫《むらさき》で、トーマは助手席で頬杖《ほおづえ》をついている。紫の方が言った。

「今日は、ただの食事ですか？」

「そのつもりだったけど、予定を早める」

「では」

「うん。ランチの終わりに、ウーノが動く」

「なら食事会を中止にした方が安全では？」

「実は、まったくその通りなんだ。でもリリィとの約束がある。月に一度くらいは一緒にお茶をしようって」

「そんなことに命をかけるんですか？」

「そんなことにさえ命をかけられなくなったら、オレにはなんの武器も残らないよ」

トーマは自分自身の価値を知っている。周りの人たちが、トーマの――ウォーターという虚像のどこに魅力を感じ、なにを求めているのか知っている。

だから、破る約束は厳選しなければいけない。純粋でまだ幼い少女との約束なんてものは、必ず守らなければいけない。その姿勢をみせ続けているから、世創部に加わった人たちも「ウォーターは約束を守る」と信じてくれる。

呆《あき》れた様子で、紫が言う。

「私の命まで一緒にかけているんだって自覚を持ってください」

「だから、今日はオレひとりで良いって言ったでしょ」

「そうはいきませんよ。チームリーダーなんだから」

「そういう体面、本当に興味がない」

「貴女の意地には、体面さえないじゃないですか。貴女とリリィが約束を交わしていたなんて、誰も知りませんよ」

「今、君が知った」

「私がみんなに喧伝《けんでん》して回るんですか？」

「それは別にどうでも良い。好きにすればいい。今回の件は、こんな風に言い換えることもできる。――オレは紫の信頼を勝ち取るために、命をかけてリリィに会う」

「いまさら、私相手に必要なことですか？」

「どこかで手を抜くと綻ぶでしょう。オレ自身が虚像と実像を区別することに、慣れちゃいけないよ。オレはできる限りウォーターでいる」

常にヒーローの名を騙《かた》り続ける。まるで、本物のヒーローみたいに。

紫が、生真面目《きまじめ》な声で続ける。

「けれど、これから始める貴女の戦いは、英雄的ではありません」

「そうだね。悪役をやろうと決めている」

「矛盾していませんか？　世創部を支持する人たちは、貴女に正義の味方であって欲しいでしょう」

「どうかな。敵対するチームを苦しめて、それを本気で怒る人は――まあ、もしいるなら大好きだけど、きっととても珍しい」

「ええ。誰も、怒りはしないでしょう。ただ貴女が怖れられます」

「遠くからみれば、オレのやり方は怖くて良い。近づくと意外に優しければ良い。今、平穏にいる人たちが、こっちに付こうって気になれば狙《ねら》い通りだ」

あのシナモンの香りは、平穏な国を攻撃するために用意した。あのチームの基盤を――それはつまり、リリィへの信仰を攻撃するために。

軽自動車がカーブを曲がると、木々の向こうに教会がみえた。リリィが暮らす教会。少し、懐《なつ》かしい。

その教会の前に、八人が並んでいた。いちおうは戦力をみせつけておこうということなのだろう、戦える六人と、彼らに囲まれたふたり――マカロンとホロロ。

シモンの姿はない。以前であれば、まず間違いなく彼が護衛たちの中心に立っていただろう。シモンはまだ、平穏の中心人物として復権していないのだろうか。それとも、自分たちのチームから出て行ったウォーターなんてものには、わざわざ会う必要もないと考えているのだろうか。

紫が車を停め、ふたりで下車する。口を開いたのは、マカロンだ。外見は二〇歳ほどの、サスペンダーをした小柄な男。彼はにこやかに言った。

「ようこそ、ウォーター。お待ちしていました」

一方で隣のホロロは、不機嫌そうにこちらを睨《にら》みつけている。嫌なら裏に引っ込んでいればよいのに。トーマは平等に、ふたりに向かって微笑む。

「本日は、お招きいただきありがとうございます。次は、うちのチームにもご招待させてください」

会話に応じたのは、やはりマカロンの方だった。

「ぜひ。ところで、申し訳ありません。実は食事の準備が少し遅れておりまして」

「そうですか。オレとしては、リリィに会えればそれでいいんだけど」

「いえ。できるならランチまで、うちの語り係が貴女と話をしたいと言っています」

語り係──秋穂。

トーマも、彼女の顔はみておきたい。けれど。

「ふたりきり？」

「はい。なにか問題が？」

「いえ」

敵のチームで、ただひとりだけ連れてきた護衛との別行動を提案される、というのは、もちろん警戒すべきことだ。

けれどあちらが力任せに事を進めるなら、隣に紫がいたところで同じだろう。トーマのチームメイトたちは、より強い戦力──たとえば白猫が同行するべきじゃないかと言っていた。けれどトーマはそれを押し切って、紫だけをここに連れてきた。今日は平和な食事会のはずなのに、わざわざ拳銃《けんじゅう》をみせびらかすようなことはしたくなかった。

──まあ、攻められるならそれはそれ、か。

おそらく平穏側は、こちらに危害を加えない。戦闘の火種を向こうから作ることはないはずだ。けれど、その読みが外れても別に良い。今日、この場所でトーマが撃ち殺されることになったとしても、今後の準備は終えている。

「わかりました。秋穂は、どこに？」

トーマがそう尋ねると、周囲を囲んでいた兵士のひとりが「ご案内いたします」と答えた。トーマはもちろん、彼にも微笑む。

「ありがとう。アナンケ」

彼——アナンケはトーマが名前を呼んだことが、ずいぶん意外だったようだ。目を大きくして、しばしこちらの顔をみつめた。けれどトーマだって、ほんの少し前まで平穏の一員だったのだ。この場に立っていそうな、それなりに優秀な強化士《ブースター》の目星はつく。その一覧を作り、頑張って暗記しておいてよかった。

トーマは自身が、カリスマ的な統率者になりつつあることを自覚している。そして、傍からみえるほどは、自分が特別ではないことも。

だから、努力を怠らない。

ウォーターという虚構を、演じ続ける覚悟を決めている。

＊

こんなとき、紫は心底、困ってしまう。

つまり「私の役割はウォーターを守ることだ」と信じて、それなりの覚悟を決めて敵地にやってきたのに、ウォーター自身がこちらの元を離れてふらふらとどこかへ行ってしまったとき、どうすれば良いのかわからない。

——もう少し、チームリーダーの自覚を持って欲しいものだけど。

けれどウォーターには、ウォーターなりの「チームリーダーとしての自覚」があるのだろう。ただ紫が考えるそれとは、ずいぶん形が違うだけで。

ウォーターの背を見送る紫に声をかけたのは、やはりマカロンだった。

「貴女は、こちらへ」

「できれば私も、ウォーターに同行したいのですが」

「でしょうね。けれど、ウォーター自身が納得していることです。ごねても仕方がないでしょう」

小さなため息で、紫はなにかを諦《あきら》める。なにか——今日、この場での、自分自身の役割のようなものを。

マカロンに連れられて、向かったのは教会の礼拝堂だった。平穏にいたころ、何度か入ったことがある。紫が平穏の部隊リーダーになったときには、ここで任命式が行われている。けれど、とくに思い入れのある場所でもない。

「適当におくつろぎください」

なんて、雑なことをマカロンが言う。

敵チームの礼拝堂でどうくつろげっていうの？　――そう言ってやりたいが、言葉を呑み込んだ。紫は自分が常識人だと信じている。

仕方なく椅子《いす》に座り、聖母を描いたステンドグラスをみつめていた。ステンドグラスそのものというよりは、そこから射《さ》し込む光を。

やがて、隣に誰かが座る。そちらに目を向けると、坊主《ぼうず》を金髪にした、勇ましい印象の女性がいた。平穏な国第四部隊リーダー、エヴィン。

「久しぶりだな」

と彼女が言う。

紫はしばらく彼女をみつめる。

「そんな言葉で雑談を始めるほど、貴女と仲が良かった記憶はないけど？」

紫が平穏な国に入る前から、エヴィンは部隊リーダーだった。だから、顔や名前は知っている。けれど紫は終始「ウォーター一派」だとみなされていたし、実際にその通りだったから、他の派閥――つまりシモン派――とは親しくない。

エヴィンが、意外に柔らかな苦笑を浮かべる。

「つんけんするなよ。外交だろ」

「いいけど、つんけんって標準語？」

「知らないよ。そんなの、気になるか？」

「耳で聞いたの、たぶん生まれて初めてだから」

脳内で漢字に変換できない言葉は、なんとなく方言のような気がする。――というか、そんなことはどうでもよくて、紫は意外と人見知りだ。事前に「この人と会う」「自分の役割はこうだ」とわかっていればなんてことはないけれど、急に意外な人から声をかけられると動揺してしまう。そして、動揺すると言動が奇妙になる。

エヴィンの方は、落ち着いた口調で言った。

「平穏に戻る気はないか？」

「あれば、そもそもここを出ていない」

「あのときとは状況が違う。エデンが平穏と合流することが決まった。戦力ではウォーターをはるかに上回り、しかもお前の仲間――キドや藤永もうちにくる」

「よく知ってるのね」

「うん？」

「私の、元のチームのメンバー」

「意外に有名だよ、キネマ倶楽部《くらぶ》は」

そうか。まあ、そうなのだろう。銀縁《ぎんぶち》とキドがいたチームだ。それから香屋歩と、あの月生が所属したチームだ。

「戻りたいといえば、平穏は受け入れてくれるの？」

「もちろん。戦力は多い方が良い」

「考える時間は？」

「いくらでも。ごゆっくり」

「意外に優しいのね」

「意外？　うちは以前から、ずっと平和主義を掲げているよ」

　実のところ、キドの元に戻ることは、考えないでもなかった。キドとニックのあいだにはまだ亀裂《きれつ》があるように思うが、それは修復可能だろう。本心から憎しみ合っているわけではない――むしろ、きっと愛し合っている。

　それでも紫が世創部にいる理由はシンプルで、純粋に、ウォーターがもっとも強いと信じているからだ。平穏よりも、ユーリイよりも。なら自分たちは世創部にいた方が良い。キドたちが逃げ出そうとしたときに、逃げ込める先であった方が良い。

　そう考えているあいだに、エヴィンが続けた。

「平穏に戻れば、君は戦場に立つ必要もなくなる。君の仲間たちと安全に暮らせる」

「嘘でしょ。ユーリイはキドさんにポイントを与え過ぎた。あの人を戦力にカウントしないわけがない」

「戦うのはキドひとりだ。君は守られていればいい」

「もしそうなったとき、私はどんな顔をしていればいいの？」

　つまり、大切な人に命がけで守られながら、戦場に立つ資格さえないときに。

「戦うのが好きか？」

「大嫌い」

「嫌いなことは、避ければいい」

「いいえ。私はそれを、踏みつぶして進む」

「勇ましいな」

「貴女だって。戦場には、立ち続けているんでしょう？」

そう尋ねると、エヴィンはまた苦笑した。

自身の坊主頭を撫でて続ける。

「本当は、私の髪は長いんだ。ループのたびに刈っている」

「そう。それが？」

「昔——架見崎に来る前、バンドに入っていてね。けれどあるとき、どこかの馬鹿《ばか》に、髪の長い女にロックがやれるかと言われた。君ならどうする？」

「さあ。無視するんじゃない？」

「私もそうした。というか、そのとき、絶対に長髪を通すと決めた。わかるか？」

「わかる」

「けれど架見崎にきたばかりの、まだ新人だったころ、ださい敗北を経験してね。髪をつかんで殴られたんだ。その日の夜、坊主にした」

「それも、まあわかる」

「ありがとう。私たちは、よく似ているね」

「そうね。けれどそんなことが、チームを移る理由にはならない」

「うん。君を呼び戻すのは諦めた。さて――」

　エヴィンが立ち上がる。

　長身の彼女が、こちらを見下ろして、続けた。

「端末を出してもらおうか」

　気がつけば紫の首筋に、冷たいものが添えられている。――刃。刀。雪彦《ゆきひこ》。

　紫はふっと息を吐き出す。

「殺すの？」

「いや。しばらく休んでもらうだけだ」

　うちは平和主義なんだよと、エヴィンがまた言った。

＊

「本気で、戦争をするつもりですか？」

　向かいに座ったトーマをみつめて、秋穂はそう尋ねた。

　彼女とふたりきり、秋穂の自室にいる。邪魔者はどこにもいない。シモン派の検索士《サーチャー》が盗聴くらいしているかもしれないが、そんなこと気にしていられない。

　トーマが、気持ち悪いほどに記憶通りの、さわやかな笑みを浮かべて答えた。

「違うよ。私は本当に、戦わずに架見崎の決着をつけたいと思っている」

「じゃあ私たちは、戦うという言葉の意味が違うんでしょうね」

「かもしれない。広義の戦いは、もちろん発生するよ。だって私は、ごく真面目に勝利を目指しているんだから」

　まただ、と秋穂は感じる。

　また、言葉の意味がずれている。

「貴女は、誰の勝利を目指しているんですか？」

「私の」

「じゃあ、貴女の勝利とは、なんですか？」

　架見崎のゲームで勝者になること？　だとすればトーマは、ひとりきりでここに来てはいけない。いけなかった。

　彼女は軽く、首を傾《かし》げてみせる。

「わかるでしょ？　私の目標はいつだって、香屋に勝つことだ」

「けれど、死ねばその時点で敗北です」

「どうかな。私は、相手に負けを認めさせることが勝利条件だと思ってる」

「貴女が死んでも？」

「そうだね。架見崎で、この私が死んでも」

　その言葉の意味が、もう秋穂にはわかる。

　トーマは――冬間美咲《とうまみさき》は、秋穂や香屋とは違う。現実に肉体を持つ、辞書的に正しい意味での人間。たしかに彼女にとって架見崎での死は、特別な意味を持たない、ただのフィクションなのかもしれない。

秋穂は大きなため息をつく。それをトーマに見せつけたのは意図的だが、ため息自体は心からのものだ。

「ぶっちゃけ、貴女はどれくらい真面目に架見崎をやっているんですか？」

「ごく真面目だよ。もちろん」

「でもその真面目さは、やっぱり私とは違うでしょ」

ずっと心の片隅に、虚《むな》しさみたいなものがある。――そう考えて秋穂は、「もしも私に、本当に心なんてものがあるのなら」なんて悪趣味な補足を付け加える。

実は、トーマに会うのが怖かった。だって彼女との会話は、どうしたところで、ゲーム内のキャラクターとプレイヤーとが交わす会話でしかないのだから。こちらがどれだけ真面目で、どれだけ真剣でも。あるいは、トーマの方さえ真面目で真剣でも、その温度は必ず違う。もう、まったく、別物だ。

こんなことを言うつもりはなかった。本当に。

けれど、抑えきれずに秋穂は言った。

「部外者が、私たちの話に首を突っ込まないでください」

自分の言葉に――その言葉にどうしようもなくにじんだ怒りに、秋穂自身、震える。胸で膨らむ、目の前の相手を排除してしまいたいという敵意のようなものに。

あまりに立場が違うのだとわかっても。それは平民と王子様よりも遥《はる》かに、あるいは人間と犬や猫よりもさらに立場が違うとわかっても、秋穂の目に映るトーマは、やはり記憶にある通りの彼女だった。トーマは秋穂の言葉に傷つき、けれどその傷をできるだけ上手に隠そうとしたようだった。わずかな表情の変化でそれがわかった。――私たちは架空のキャラクターと実在の人間であり、そして同時に、気心の知れた幼馴染《おさななじ》みでもある。

「そうか。やっぱり香屋は、秋穂には全部話したんだね」

「ええ」

「どう？　ちょっとは迷ってた？」

「あいつなりには、迷ったようですよ。ずいぶん」

「君の言葉に、こんな風に答えた人を知っている。――いいや。オレはもう部外者じゃない。だって」

そこでトーマは一度、言葉を止めた。

奇妙に胸を騒がせる無音――その時間に違和感を覚えたのは、沈黙がトーマの演出だとは思えなかったからだ。彼女は本当に言い淀《よど》んだようだった。

秋穂は「だって？」と先を促す。

トーマは強い瞳《ひとみ》で、まっすぐにこちらをみつめる。

「だってもう、現実では死んだから」

秋穂は息を呑む。想像していてもよかった。想像できるはずがなかった。口に出せば相反するふたつの気持ちが、胸の中では矛盾なく同居する。

「それが、アポリアの使用者が自殺する理由ですか？」

「いや。そこまで思いつめる人は稀《まれ》だよ。大半は、ただ飽きて死ぬんだろう。でも、中にはそういう人もいる。アポリアの世界に憧《あこが》れて、少しでも君たちに近づきたくて、自分のデータをアポリアに残したまま現実の方の自分を殺してしまう。すると、そうだね。アポリアに残ったコピーの方が、オリジナルを名乗れるのかもしれない」

「貴女《あなた》は？」

「私は死なない。絶対に」

「ウォーターのファンだから？」

「うん。それから、香屋歩のファンだから」

秋穂とトーマは、しばらくのあいだ、睨み合う。あるいは一方的に秋穂の方が睨みつけて、トーマはその視線から目を逸《そ》らさなかっただけなのかもしれない。

――私は、トーマをどうしたいんだろう？

どうしても答えが出なかった。

これまで秋穂は、トーマを愛していた。尊敬している手の届かない人であり、同時に厄介なライバルであり、さらに同時に友達だと信じていた。秋穂にとって、疑いなく特別な友達だった。

けれどアポリア内のデータとしてしか存在しない私が、彼女を友達と呼ぶなんて馬鹿げている。彼女を愛すること自体が、悲劇というより喜劇的だ――このくだらない葛藤《かっとう》に、出口があるだろうか。

胸の中の厄介な感情から目を逸らし、秋穂は話を進める。

「シモンから、預かっているものがあります」

「そう。なに？」

「拳銃。いい加減、邪魔なんですよ。出しても？」

「どうぞ」

秋穂は、背中に隠していた、その冷たい銃を取り出す。重い――けれど、想像よりは軽い。

「撃つの？」

と、トーマが言った。

「まさか」

秋穂は手にしていた銃をテーブルに置く。それから、じっとトーマをみつめる。

「けれど、思いのほか迷いました」

「わかるよ。私は、ここで死んでも現実で目覚めるだけだから」

「つまらないことで悩ませないでくださいよ」

「うん。気をつける。でも、本当に想像がつかなかったんだ。もし誰かが私を殺しにくるなら、それはシモンの手下だと思っていたから」

トーマが言う通りだ。シモンは今日、このタイミングでトーマを殺すことを計画していた。それは実行に移されてもおかしくなかった。

　もちろんリリィは、トーマ殺害を認めない。けれど、シモンの仲間のたったひとりが「リリィの決定」に反逆するだけで世創部という脅威を排除できるなら、ずいぶん安い買い物なのだろう。リリィのために、リリィを裏切る。そこまで思いつめた彼女の信者がいる。

　トーマ殺害の計画が白紙になったのは、ユーリイが率いるエデンが平穏に合流することが決まったからだ。今、世創部が崩壊すれば、ユーリイが平穏を食い荒らしておしまいだという未来は、誰にだって想像がつく。だから世創部を残して時間を稼ぎ、そのあいだにユーリイから力を削《そ》ぐ。ゆるい机上の空論で、具体案のない話ではあるけれど、ほかに良い方針もない。

　これには、シモンも基本的には同意している。けれど彼にはまだ迷い――というかおそらく、トーマへの私怨《しえん》――があるようで、秋穂に拳銃を渡したし、他にも裏でこそこそとなにかを企《たくら》んでいるようだ。秋穂にトーマとふたりで会うよう指示したのもシモンで、それは本当に銃から弾丸が放たれることを期待したからかもしれないが、別の理由もあるように思う。

　秋穂は時計に目を向ける。

「行きましょう。そろそろ、食事の準備もできているでしょう」

「うん。でも、ひとつだけ確認したい」

「はい？」

「香屋は何をしているの？　最近、エデンに入り浸ってるみたいだけど」

あいつは傷心のこちらを置いて、二日前から出張中だ。さすがにそれくらいのこと、世創部も検索《サーチ》しているのだろう。

「当然、今後の作戦会議です」

トーマがあのシナモンの香りで、ずいぶん彼女らしくない攻撃を仕掛けてきた。

香屋はその対応に必死だから、今日の食事会でシモンが好き勝手やるのを見過ごしてまで、エデンに押しかけている。

4

現在の架見崎は、八月をループしている。

香屋歩はこのループのルールを、もう一度確認する。

たとえば八月三一日に、架見崎内の建材を集めて高い塔を築いたとする。プレイヤーのひとりがその塔の上でループを迎えたなら、次にやってくる八月一日には塔が消えてしまい、地面に落下するからとても危険だ。

ここから読み解けることがふたつある。

ひとつ目。ループが発生すると、もともと架見崎にあったものはすべて八月一日時点の状況に戻る。なにを食べても元通り。なにを壊しても、作っても元通り。塔を築いた建材も元の場所に戻るから、塔が消えてなくなることになる。

それから、ふたつ目。プレイヤーは、ループでは位置が変化しない。八月三一日の終わりに立っていた場所に、ループ後の八月一日もやはり立っている。一方、身体《からだ》の傷は治る──厳密には、はじめて架見崎を訪れたときの状態が再現される──から、まったくループの影響を受けないわけでもない。

もともと架見崎に存在している物質とあとから架見崎にやってきたプレイヤーでは、ループの効果が違うわけだが、同じような例外があとふたつある。

一方は、「架見崎の外から持ち込まれたもの」だ。たとえばプレイヤーが架見崎を訪れたときに着ていた服やポケットの中身、手にしていた鞄《かばん》など。加えて、ポイントで運営から購入したアイテムもこちらに含まれる。

もう一方は、「能力によって、新たな効果が付与されたもの」。加工タグと呼ばれる種類の能力は、その名の通り、架見崎の物質を加工する。壁の強度を上げたり、コインに爆弾としての性質を持たせたり──これらは、もともと架見崎にあったものでも、扱いが「外から持ち込まれたもの」と同じに変化する。

つまり架見崎にある物質は、「舞台としての架見崎に属すもの」と「プレイヤー個人に属すもの」のふたつのジャンルで管理されているのだろう。そして、能力によって加工されたものは、「架見崎に属すもの」から「個人に属すもの」へとジャンルが移る。

この「個人に属するもの」がループで受ける効果は、プレイヤー自身の場合にとてもよく似ている。つまり、ループ前後で位置は変わらないが、状態は回復する。半分だけ食べたクッキーをポケットに入れていたら、ループ後もクッキーはポケットに入ったまま、けれど元の形に戻っている。

はじめてこの説明を受けたときから、ずいぶんややこしいルールだなと香屋は感じていた。たとえば一本のチョコバーを持ち込んでいたとして、ループ前にふたつに割って、離れた場所においていたらどちらに現れるのか？　食べて消化してしまっていたらどうなるのか？　正解は、「割った場合はより質量の大きい方に現れ」「食べた場合は空袋があるところに現れる」。つまり、同一個体だったものがばらばらになったなら、もっとも質量が大きいところで再生される。

以上。復習、おしまい。

さて、本題はシナモンの香りだ。

検索《サーチ》の結果、あれは非常に安価な能力の効果だと判明した。対象としたものに、ほんのわずかにシナモンの風味を加えるだけの能力。そしてこの能力は、もちろん加工タグに分類される。

つまり通常の食材は、ループを迎えれば、ループ前の位置に戻る。たとえば同じコンビニからは、ループごとに同じ食料を獲得できる。

けれどあのシナモンの香りが付加された食材は、そのループのルールを逸脱する。ループ前後で位置が変わらず、ただ状態だけが再生する。言い換えればこうなる。——シナモンの香りがする食材は、領土を獲得する必要なく、他チームから半ば永続的に奪い取ることができる。

「つまり、世創部は平穏の食料を狙ってるってこと？」

とキドが言った。

わずかに残ったエデンの領土内の、まずまず広い喫茶店だ。そこに、懐かしい面々が揃っている。キドに加え、藤永、リャマ、加古川《かこがわ》、大原《おおはら》、ポケットソング、ピッカラ——あとは秋穂がいれば、香屋が架見崎を訪れた当初のキネマ倶楽部のメンバーが勢ぞろいだ。

香屋は缶のコーラに口をつけて、答える。

「状況は、とても悪い。もうだいたい詰んでいます。どれだけ楽観的に見積もっても、平穏は次のループから、食料の半分は失う」

「そう？　でもさ、そのシナモン攻撃も、持って行かれたらやばいってだけで、平穏にあるぶんはそのまま再生するんでしょ？」

「ウォーターは、基本的にはしっかり賢い奴《やつ》ですよ。事が表面化する前に、準備を終えていないわけがない。平穏は瞬《また》く間に食料を失います」

「どうやって？」

「半分くらいはループのルールで、自然と取られちゃいますよ」

シナモンの香りについて説明するのは、これでもう何度目だろう？　まずは秋穂に話して、次にシモンに話して、エデンに来てユーリイに話して――まあ、彼の場合はほとんど説明の必要なく理解したけれど、そのあと月生にも話している。

　慣れと飽きとが同居する説明を、香屋はまた口にした。

「タンブル工業は架見崎中を渡り歩き、家電を直すついでに行商をしていました」

「あの人たちを使ってシナモンの香りをつけたんだろうっていうのは、さすがにオレだって想像がつくよ」

「それはたぶんその通りですが、別の問題があります。つまりタンブルによって、チーム間で食材が交換されている。今、平穏にある食材の何割かは世創部の領土から生まれるものので、これはループすれば自動的に世創部に戻ります。一方、平穏の領土から出る食材のうち、このループで世創部に持ち込まれたものには、すでにシナモンの香りがついていると考えて良い。平穏には戻ってきません。つまりタンブルが物々交換したぶんだけ、平穏は物資を失います」

　キドは少し考えて、「なるほど」と頷《うなず》いた。

　とりあえず理解してもらえたようなので、香屋は話を続ける。

「加えて今は、平穏と世創部が交戦中になっています。なら、能力が使える。そして能力を使えば、食料を奪い取るのはそう難しいことじゃない」

　というか、とても簡単だ。普段はそうすることにあまり意味がないのは、他チームの領土から食料を取ったとしても、ループで元に戻るから大したダメージにならない、という点が大きい。

シナモンの香りが判明した今、平穏と世創部が交戦中になるのは避けたいことだった。リリィとトーマのランチなんてどうでも良いことのために、交戦という手段を選ぶべきではなかった。その交戦の裏側にシモンのどんな思惑があろうが、握りつぶしてしまいたかった。——まあ、ランチなんて言い訳がなくても、架見崎のルールじゃ他チームからの宣戦布告を拒否できないから、どう足掻《あが》こうが詰んでいるけれど。

「じゃあ世創部は、本当に月生さんより、エデンの領土が欲しかったってこと？」

キドの質問に、香屋は頷く。

「エデンが持っているたくさんの食料が、あっちのネックだったんですよ。だってそのままにしておくと、お腹《なか》を空《す》かせた平穏が泣きつくに決まっているから」

そしてユーリイであれば、きっと食料を分け与えるだろう。笑顔で「大変だねぇ、協力しよう」なんて言いながら、一方的に彼が有利な条件を平穏に押しつけて。だからトーマは、ユーリイでも断ることができないカード——月生を差し出してまで、エデンの領土を獲得した。

キドは、トーマの作戦の構造は理解したようだが、まだ危機感を抱くまでには至っていないようだった。

「でもさ、食料不足がそんなに問題かな？　まったくゼロになるとそりゃ困るけど、半分もいらない。一割や二割残っていれば、チームで重要な人のぶんはあるでしょう」

「重要な人のぶんしかなくなります」

「いいじゃない。世創部は常に門を開いていて、あのチームには潤沢な食料がある。エデンからも平穏からも食料をかき集めたから、今はずいぶんリッチでしょう。戦えない人たちは、世創部に行けばいい」

「このままだときっとそうなるから、困っているんですよ。今回、世創部が架見崎中の食料をかき集めて攻撃しているのは、リリィへの信仰なんだろうと思っています」

「信仰？」

「リリィへの信仰を取るか、目の前の食料を取るか。――前者を選び続けることを正義としているから、平穏な国というチームが成り立っていました。けれど、本当にお腹が空いたならきっと、大勢がリリィを捨てて世創部に移動する。それは信仰の崩壊です」

あのシナモンの香りは、リリィへの信仰を狙い撃ちにしている。

それはつまり、香屋の手札の破壊を意味する。香屋はこの架見崎を平和な世界のまま永続させるために、平穏な国を――リリィという偶像を最大限に利用するプランをたてているのだから。

キドの隣で話を聞いていた藤永が口を開く。

「けれど、リリィへの信仰が消えても、戦力は残る。世創部は決して有利ではないよ」

「ええ。だから、この戦い方はあいつらしくない」

平穏からリリィへの信仰が消えると、残るのはただ暴力だ。平穏も、そこに合流するエデンも、力任せに世創部を攻撃しなければならなくなる。

トーマは暴力で、架見崎を勝ち切るつもりなのだろうか。それともまだ香屋からは見えていない、彼女の手札があるのだろうか。

読み切れないのは、どちらも違う可能性があるからだ。

――トーマは、架見崎での勝利を目指していない。

これまでの、あいつ自身の言葉を信じるなら、そうなる。

冬間美咲は本当に、ただ香屋歩の敵役をまっとうしているだけなのかもしれない。

＊

――世界平和創造部の能力により、多くの食料を失う可能性がある。

この報告をリリィが受けたのは、二日前のことだった。

けれど二日経《た》っても、まだ上手《うま》く呑み込めない。裏切られたような気持ちはある。世創部を――ウォーターを敵だと思ったことはないから。とはいえそれは、自分の方の考えがずれているんだろうとも思う。どうしたところで、架見崎では戦争をしているのだ。

今日のランチには、ずいぶん豪華なメニューを用意してもらった。久しぶりのウォーターとの食事だし、それに今後は、食べるもので我儘を言えなくなるかもしれないから。けれど、テーブルいっぱいに並ぶ色とりどりの料理の中で、デザートのケーキだけはずいぶん見劣りする。それはリリィ自身が作ったものだった。いつも料理を用意してくれる女性や秋穂の手を借りながらではあるけれど、今朝は早起きをしてスポンジケーキを焼くところから始めた。

その、形がいびつでクリームがぺたぺたするケーキを、ウォーターは他のどの料理よりも多くの言葉で褒めてくれた。やはり目の前にいるウォーターは優しい。

リリィ自身はケーキを半分ほど残したまま、本題を口にする。

「私たちの食べ物を奪うって聞いたんだけど、本当なの？」

ウォーターは、ティーカップを傾けてから、頷く。

「うん。その予定だよ」

この人は、どうしてこんなにも堂々としていられるのだろう。今ここで殺されてしまうことを、ちっとも想像していないのだろうか。

けれど、それが想像できないのはリリィも同じだった。ウォーターが血を流す姿も、それを命じる自分自身も、どちらも想像できない。

リリィは尋ねる。

「どうして？」

本当に疑問だったのだ。なぜ彼女が、平穏の食料を狙うのか。

ウォーターが答える。

「これがオレの戦いだから。香屋歩に勝つために、効果的なやり方だから」

「そう」

「でも、リリィ。君はどうなの？」

なにを尋ねられているのか、理解できなかった。

困ってしまって、リリィはただウォーターの綺麗《きれい》な顔をみつめていた。彼女の方も、なんだか少し困っているようだった。珍しく上手く言葉がみつからないという感じで、ゆっくりと、途切れがちに言った。

「オレは、香屋に勝ちたいだけなんだ。だから、これは、結果論だ。いまさらこんなことを言うのは、ずいぶん恥ずかしいんだよ。でも、リリィ。君のことを考えても、オレは同じ方法を選んだかもしれない」

隣から、大きなため息の音が聞こえた。

同席している秋穂が口を開く。

「どう言い繕っても、そんなものは言い訳ですよ」

「うん。だから恥ずかしいんだけど」

「じゃあ初めからなにも言わなければいいのに」

「だって、それはそれでアンフェアでしょう」

いったい、なんの話をしているんだろう？　わけがわからないけれど、ウォーターと秋穂のあいだでは、会話の意味が通じているようだ。

自分を放って両親が熱心に話し込んだときみたいに、リリィはなんだか寂しい気持ちになる。「どういう意味？」と、ほんの小さな声で尋ねた。

秋穂がぶっきらぼうな口調で、けれど根っこはやはり優しく説明してくれる。

「つまり、リリィ。貴女の幸せなんていう、本当は貴女自身にしか決めようのないもののことを、ウォーターは話しているんですよ」

「そうなの？」

「一般論――って言っていいのかわかりませんが、ともかく私の主観でも、今のリリィの立場は幸せだとは言い難いですよ。だって周りの大人たちの都合でチームのトップに祀《まつ》り上げられて、勝手に偶像化されているんだから。で、世創部の食料強奪は、貴女が普通の女の子に戻るチャンスなんじゃないかっていうのが、ウォーターの主張です」

秋穂の言葉を、ウォーターが補足する。

「オレの主張っていうか、まったく意図したことじゃないけど、結果的にそういう見方もできるよねって話だよ」

「それが言い訳がましいんですよ。悪役をやるって決めたなら、はっきり悪役をやり通せばいいじゃないですか。馬鹿が身勝手な考えでとくに愛してもいない恋人だとかを説得するときみたいに、口先では『みんな君のためなんだよ』って言ってりゃいいんです」

「でも、それってださくない？　実はオレ、いつも格好をつけていたいタイプなんだ」

「誰もが知っています。そんなこと」

やっぱりこのふたりは、ずいぶん仲良しなんだろう。

それはよくわかったけれど、話の意味の方は未《いま》だにわからない。

「つまり、どういうこと？」

もう一度尋ねると、今度はウォーターが答えた。

「食料難を理由にすれば、わりと平和的に君はこのチームを手放せるでしょう。チームのみんなが飢えないためなんて、いかにも聖女っぽい理由で敗北を宣言できる」

そっか、なるほど。

たしかにリリィは、平穏な国のリーダーにこだわっているわけではない。ただリリィがこの立場を投げ出すと、チームが崩壊して大勢が苦しい思いをすると言われたから、辞めるに辞められないだけだ。

「でも、それで問題が起きない？」

そう尋ねると、ふたりがほとんど同時に答えた。

「起きますよ。もちろん」

と秋穂。

「やり方次第かな。香屋ならほとんど問題なくやれるんじゃない？」

とウォーター。

それから秋穂が、ウォーターを睨む。

「香屋はリリィをここのトップにしておきたい派でしょ」

「あいつを、どっち派かで括《くく》るのが間違いだよ。その時々で都合が良い方に立つ」

「今、リリィを手放すと思いますか？　貴女という脅威があるのに」

「思わないけど、わからない。香屋歩を読み切れるわけがない。なら、とりあえず相談してみるのが手っ取り早くない？」

「貴女は根本が楽観的過ぎるんですよ」

「うん。最近、そのことを反省しつつある」

いったい、このふたりはなにで言い争っているのだろう。

けれど、今この場で、リリィ自身が言うべきことはわかった。

「私、辞めないよ」

もうしばらく、このチームのリーダーを。リリィなりに、すでにずいぶん真面目に考えて、そう答えを出していた。

「どうして？」

とウォーターが言った。

リリィは、自分の答えを口にする。

「いつかは辞めたいけど、でも次のリーダーは、私が決めたいから」

これは、我儘《わがまま》なのだろうか。――きっと、とても我儘なのだろう。でもそれが本心なのだから仕方がない。

これはたぶん、ウォーターや秋穂が言っていることと、本当は同じ話なのだ。リリィが雑にリーダーを辞めてしまえば、やっぱり誰かが困るんだろう。戦ったり、傷ついたりするんだろう。けれど賢い人がしっかりとした計画を立てれば、きちんと問題なく辞められるんだろう。

リリィは平穏な国のリーダーを続けたいわけではない。本当に。できるなら今すぐに辞めたいとさえ思っている。でも、自分のせいで誰かが傷つくのは嫌だ。それは、優しさではなくて。たぶん、責任感でさえなくて。純粋に、リリィが辛《つら》いから、嫌なのだ。

「善い人がリーダーになる準備ができるまで、私はこのままでいたいよ。なんにもできなくても、それでも。私は、なんだろう、ちゃんと我儘を言っていたいんだと思う。そんなの言わない方が楽でも」

ウォーターが、口元に優しい笑みを浮かべて頷く。

「リリィ。君は、誰をこのチームのリーダーにしたいの？」

そう尋ねられて、いくつかの名前が思い浮かんだ。リリィが考える、賢くて強い人たちだった。――でもきっと、本当はそういうことでもないんだ。これはきっと、もっと独り善《よ》がりな話だ。

リリィは答える。

「私に、能力を使わせない人」

ウォーターが、軽く首を傾げる。

「玩具《おもちゃ》の王国？」

「ううん。そっちじゃなくて」

「忘却」

「うん」

リリィはふたつの能力を持つ。

そのうちの一方、「忘却」。効果はひどくシンプルだ。「使用者は、過去一二時間の記憶を失う」。これだけ。これがすべて。けれどリリィは、自分自身にとって、「玩具の王国」よりもよほどこの能力の方が重要なのだと思う。

静かに紅茶を飲んでいた秋穂が言った。

「それは、どちらの意味ですか？　つまり、貴女から記憶を奪おうとしない誠実な人という意味なのか。それとも、貴女が記憶を消したいと思わない日々を作れる優秀な人という意味なのか」

「両方」

「それは理想が高いですね」

「うん」

だから「忘却」という名の能力が、リリィの象徴だった。秋穂が言ったふたつの意味、両方であの能力を使わせない人。それがリリィにとってのヒーロー像で、できるならそんなヒーローが、平穏な国のリーダーになれば良いと思う。

ウォーターは、楽しそうに笑っている。

「リリィ。高い理想を追い求めるなら、君は苦しまなければいけない。オレはそういう風に苦しむ人が好きだけど、でもたいへんなことだと思う」

わかってる、と言いたかったけれど、言えなかった。

本当はたぶん、まだなにもわかっていないんだろう。でも、それでも「わかってる」と言ってみてもよかった。ウォーターというより、自分自身への強がりとして。

ウォーターが続ける。

「そして、今回の君の敵は、オレだ。なんだかわくわくするね」

「そう？　私は、悲しいだけだけど」

「ごめんね。でもオレにも、譲れないものがある」

「うん」

きっと、そうなのだろう。だから彼女はこのチームを辞めた。

ウォーターの隣でずっと黙り込んでいた女性――以前は平穏な国にいた紫という女性が、ちらりと端末を確認して口を開く。

「ウォーター。そろそろ、時間です」

「そう。リリィ、今日はありがとう」

とても楽しいランチだった――ウォーターはそう言って、ナプキンで口元を拭《ふ》いた。

＊

トーマは今日のランチが、もう少し荒れるだろうと予想していた。

リリィとの会話も、その前後も。

とくにリリィの方が意外だった。食料への攻撃を彼女が知ったなら、もっと失望し、こちらを嫌い、感情的に叫び声を上げるのではないかと思っていた。けれどそうはならなかった。

リリィは、成長しつつあるのだろう。隣に秋穂がいるのが良いのだと思う。トーマはどうしてもリリィを甘やかしてしまう。より露悪的にいえば、彼女を庇護《ひご》すべき子供として扱ってしまう。けれど秋穂は、もっと誠実に彼女に接しているんだろう。

それは嬉《うれ》しいことで、トーマは軽自動車の助手席で、小さな鼻歌を歌う。

運転席の紫が言った。

「それ、なんという曲でしたっけ？」

ん？　とつぶやき、トーマは隣の紫をみつめる。

「知ってるの？　この曲」

「はい。でも、タイトルを思い出せなくて」

「そう」

トーマはその曲のタイトルと、演奏しているバンドの名前を口にする。

それを聞いた紫が笑みを浮かべる。

「ああ、そうです。改めて聴くと、良い歌ですね」

「まあね」

「同じ曲に惹《ひ》かれるのだから、私たちは似ていますね」

助手席の背もたれに身体を預けて、トーマは目を閉じる。その言葉に、なんと答えたものだろうと悩んで。

「ウォーター？」

訝《いぶか》しげに、ちらりとこちらに目を向けた彼女に、トーマは言った。

「ああ、ごめん。ちょっとぼんやりしていた」

「お疲れですか」

「少し眠るよ。ホテルに着いたら起こして」

そう告げながら、胸の中ではまだ悩んでいた。

――これはいったい、どういうことだろう？

薄目をあけて確認すると、車はそろそろ、平穏な国を出るところだった。

5

ウォーターが、平穏な国を出た。

ウーノにとって、その連絡が開戦の合図だった。

とはいえ華やかなドンパチを始めるわけではない。安全に、平和的に、一方的に実益だけを奪い取る。それはウーノがもっとも好む形の戦いだった。

学校の体育館に、ウーノはいた。この学校は、以前はミケ帝国の本拠地で、つい数日前まで世創部も仮の拠点として使っていた。今はエデン――元ＰＯＲＴの領土が手に入ったため、そちらの居心地の良いホテルにチームの中心が移っている。けれどウーノは、あまり柔らかなベッドは好まない。ずいぶん古びたウーノの身体――架見崎を訪れた時点でもう、七〇歳が目の前に迫っていた――は、柔らかな寝床ではすぐに腰を悪くしてしまうのだ。今もこの学校近くの、適当な団地の適当な和室に布団《ふとん》を敷いて生活している。

「こっちだよ。神聖なもんだ、丁寧に扱いな」

そう、数人の手下に声をかける。ウーノがブルドッグスのリーダーをしていた頃から、そいつらは変わらない。基本的には馬鹿で、無能で、なぜだかウーノを信用しているようだ。ただしウーノの方は、「信用」というもの自体を信用していない。それはいつだって気まぐれに消えてなくなるものだから。

ウーノの手下たちはそれぞれ、布製の大きな袋を抱えていた。中身はみんな小銭だ。架見崎でかき集めた小銭。ウーノ自身はセカンドバッグを提げており、そちらには札が詰まっている。

――信用を信用しない私が金好きだってのも、矛盾した話だね。

そうウーノは考える。

現代的な貨幣・紙幣は、たいていが国家――あるいはその代わりとなる、発行元への信用があって初めて成立するものだ。けれど架見崎には国家がない。金の価値を担保する組織がない。だから、街中に余っている。高額紙幣が落ちていようと、誰もそれを拾おうともしない。

そんな風に落ちぶれるものなのに、ウーノは金が好きだった。かつて抱いていた「それ」への信用を忘れられないでいた。

きっとこれは健全な感情なのだろう。そうウーノ自身は考えている。敬虔《けいけん》な信者が、たとえそこには神がいないとわかっていても神の絵を踏めないように、いくら札束が価値を失《な》くしても、その空虚な紙屑《かみくず》への愛を捨てられない。大切なのは、思い出なのか、感傷なのか。まあ、なんだって良い。ともかく札束への愛は、今はない故郷の写真で涙するように健全で美しいものだ。

体育館のだいたい真ん中に、チープなパイプ椅子《いす》がひとつ置かれていた。ウーノはよっこらせと口にしながら、その椅子に腰を下ろした。

「出しな」

指示すると、手下たちが小銭の袋を開く。

今の架見崎でだって、現金がまったくの無価値だということはない。ウーノ自身が「現金主義」と名づけた能力がある。その能力は、ウーノの手元にある現金と、他の物質との位置を入れ替える。ただし対象にできるのは、能力によって「加工」されたアイテムに限られる。加えて、金額で制限がある。たとえば一〇〇円のライターを手元に呼び込むには、一〇〇円以上の現金を用意しなければならない。別に一万円札で一〇〇円の買い物をすることもできるが、おつりはでない。

この値付けをしているのは運営で、価格は簡単に高騰《こうとう》する。だいたいが「能力で加工されたアイテム」というのは、どうしたって高値になりがちだ。食料に対する加工能力でありながら、ほとんど値段が上昇しない能力――それを探した結果が、ほんのわずかなシナモンの香りだった。

さらにもうひとつ、この能力には珍しい縛りがある。能力によくある「使用回数」の制限がない代わりに、使える金額に上限があるのだ。一ループ中に、五〇〇万まで。まずまず使えるが使い放題というほどでもない。どれだけ現金を積み上げようが、ビルだとか特殊車両だとかを呼び出せるわけじゃない、世知辛い能力。

――さて、いくらかかるかね。

平穏内の食材をかき集めるのに。

大した金額ではないはずだ。今、平穏の食材は非常に安い。ループの終わりのこの時期は、たいていの食材は消費され、ただゴミ屑になっているだろう。だからウーノが「買いつける」ものの多くは、本物の食材ではなく、その空箱やパッケージだ。

それで充分、目的は果たせる。ループにおいて「個人に属すもの」は、同一個体だったものがばらばらになったとき、もっとも質量が大きいところで再生される。食料を食べてしまえば、そのパッケージなんかがある場所で再生される。

運営は、ゴミ屑にいくらの値をつける？　わからないが、試してみれば済む話だ。

ウーノは袋の小銭を掴《つか》む。それを、宙に放り投げた。

――シナモンの香りがついた食品に関するゴミ屑を、買えるだけ。

宙を舞う小銭が消え、代わりに大量のゴミが落下してくる。二投、三投とそれを繰り返す。投げるたびに体育館の床が食品のゴミ屑で埋まっていく。平穏は街が綺麗になり、ずいぶん喜んでいることだろう。このゴミ屑が、ほんの半日後――ループのあとにはぴかぴかの食料になっているのだから、世創部にしてみても悪い買い物ではない。

けれど、こんな風に、富豪のように物を買い占めるのは心が痛かった。だって、手元の金が目減りしていくから。ゴミ屑のうちはまだ良いが、このあとにはまだ多少は残っているはずの、手つかずの食品も買い占めなければいけない。そのためには、セカンドバッグの中身――札束にも手をつけることになるだろう。無慈悲なウォーターからは「買えるだけ買い占めろ」と指示を受けている。

「ああ。なんてことだろうね。辛い仕事だよ」

ウーノはそうつぶやいて、摑んだ小銭をまた宙に投げた。

＊

瞬く間に、平穏な国から食材が消えていく。

今もまだエデンにいる香屋は、検索士《サーチャー》を通じて秋穂からそう連絡を受け、大きく息を吐き出した。

――まあ、わかっていたことだ。

食料が世創部に奪われることは。

いちおう、常識的なレベルでの対策は平穏を離れる前に話し合ってきた。けれど「これくらいのことは、トーマもわかっているだろうな」という範疇《はんちゅう》の話でしかない。あいつにも想像できない、この問題の解決法を見つけ出すために、香屋はエデンを訪ねた。

「今日も、こっちに泊っていくの？」

なんて呑気《のんき》なことを、キドが言っている。

「いえ。そろそろ帰ります」

もともとの香屋の目的は、月生を平穏に連れ帰ることだった。ユーリイからはすでにその許可をもらっているから、これ以上エデンに留まる意味はない。そもそもエデン自体が次のループの頭には平穏に合流することになっている。

これまで端末をみつめたまま、黙って香屋の話——平穏の食料危機に関する話——を聞いていたリャマが、ふいに声を上げた。

「なあ。ワットボットって知ってるか？」

「いえ。まったく」

リャマが簡単に、ワットボットの説明をしてくれる。

それは検索士《サーチャー》たちの掲示板に同じ書き込みを続けるだけの奇妙なボットで、銀縁が最期《さいご》に残した暗号の可能性がある。香屋にとっても、とても興味深い話だ。

「その暗号、解けそうなんですか？」

尋ねるとリャマは、顔をしかめて答えた。

「解けそうっていうか、もう解けた。たぶん」

「たぶん？」

「それっぽい言葉になったんだが、でも未だに意味がわからない。――ってか、わかりすぎて意味ないって気もする」

「なんですか、それ」

リャマが端末をこちらに向ける。

そこには、たった一一文字のテキストが並んでいる。おそらくこれが、ワットボットの暗号を読解したものなのだろう。

それを読み、香屋は息を呑《の》む。

本当に驚きで、わずかな時間、呼吸を忘れた。

L124 hungry?

――腹が減っているのか？

「銀縁さんって、未来まで検索《サーチ》できたのかな？」

なんだか呆然《ぼうぜん》とした口調で、リャマがそう言った。

第二話　腹が減っているのか？

I

――腹が減っているのか？

香屋歩《かやあゆむ》は、小さな声でそうつぶやいてみた。けれどその言葉は別の声で聞こえた。香屋が愛するヒーローの声で。

「なにか、言いましたか？」

と月生《げっしょう》が言った。

ループまであと四時間――三一日、午後八時。香屋は、月生、秋穂《あきほ》と共に教会の一室にいた。秋穂の部屋ではない。平穏が応接室として用意した部屋で、ベッドがないかわりに三人掛けの広いソファーがある。香屋はそのソファーの肘置《ひじお》きを枕《まくら》にして寝転がり、秋穂はもう一方の肘置きを正しく使用して腰かけ、月生は向かいのアームチェアで足を組んでいる。

香屋は、天井をみつめていた目を軽く閉じる。

「銀縁《ぎんぶち》さんからの伝言――かも、しれない言葉があるんです」

「かも、というのは？」

「現状ではあくまで、謎《なぞ》のメッセージなので。でも、僕は銀縁さんからのものだと信じることに決めました」

生きることは怖すぎて、すべてを疑っていたくなる。けれど、本当にすべてを疑っていたなら、生きることとなんてできやしない。「自由というのはつまり、信じるべきものを自分で選べるということだ」とあのヒーローが言っていた。

「エル、いち、に、よん、ハングリー、ハテナ」

「それが、彼からの伝言ですか？」

「はい。月生さんには、意味がわかりますか？」

香屋は目を開き、顔を月生に向ける。

彼は、右手の中指を軽く眼鏡のブリッジに当てた。

「Lというのは、ループの略称でしょう。一二四ループ目――つまり、今から三ループ先を指している」

「僕もそう思います」

「でも、ハングリーはわかりません。平穏な国の食料難を示唆《しさ》しているなら、なにか少しずれている。貴方《あなた》たち――いえ。私たちは、次のループから飢える」

「月生さんにも、ぴんと来ませんか」

「はい」

「じゃあ、うん。やっぱり、そうなのかな。あの伝言の意味を理解できるのは、僕たちだけなのかも」

つまり、香屋と、トーマと、秋穂。

アニメ「ウォーター&ビスケットの冒険」を愛する三人。

「貴方には、わかるんですね？」

月生の確認に、香屋は軽く頷《うなず》く。

「腹が減っているのか？」

ごくシンプルな和訳――言い回しはもちろん、色々なパターンが考えられるだろう。けれどあのアニメのファンであれば、必ずこう訳す。香屋は続ける。

「これ、『ウォーター&ビスケットの冒険』というアニメの、冒頭の台詞《せりふ》なんですよ。あの物語は、ウォーターが『腹が減っているのか？』と尋ねるところから始まります」

「なるほど」

「僕は、銀縁さんがあのアニメを見返せって言ってるんじゃないかと思います」

「ですが、ただのアニメになにがあるというんですか？」

「銀縁さんからの、本当のメッセージ。――でも、きっと、今はまだない」

月生がわずかに首を傾《かし》げる。

香屋は、秋穂に目を向けた。こういう構造の説明みたいなことは、香屋よりも秋穂の方がずっと上手だから。

秋穂は、少し面倒くさそうではあったけれど、説明を引き継ぐ。

「架見崎には、『ウォーター&ビスケットの冒険』のＤＶＤがあります。これはずいぶん前に、香屋がキュー・アンド・エーで確認しているので、間違いありません」

月生が、「はい。それで？」と先を促す。

秋穂は手にしていたペットボトル――ストレートのアイスティーだ――に口をつけてから続ける。

「でも、あのアニメは『現実』で作られたもののはずなんですよ。そもそも銀縁さん――監督の桜木秀次郎《さくらぎしゅうじろう》も『現実』の人だし。だからＤＶＤが架見崎にあるのは、なかなか珍しいことです」

「そうですね。著作権がまだ生きている作品は、許可が下りなければ架見崎には持ち込めませんから」

月生の言葉に、香屋と秋穂が同時に頷く。

アポリア内の世界では、書籍や映像作品、音楽といった様々な芸術、あるいは娯楽作品が、ある時点で「現実」から乖離《かいり》しているはずだ。すでに著作権が消失している古い作品は架見崎内でも使えるけれど、新しい作品は別のもの――アポリア自身が生み出したオリジナル作品――に置き換えなければならない。

なのに、「ウォーター&ビスケットの冒険」はこの世界にある。秋穂が続ける。

「あのアニメが架見崎に存在できる、現実的な可能性はふたつ。株式会社アポリアが著作権を買い取ったか、著作権者がアポリア内での使用に許可を出したか。前者だとこっちの推測が根底から崩れちゃうので、ここは後者として話を進めます」

月生が、仄《ほの》かに笑った。

「都合の良い話の進め方ですね」

それに合わせて、秋穂も笑う。

「たった一文字のメッセージから重要な意味を読み取ろうって話なんですから、都合よくもなります。大丈夫ですよ、たぶんこれだろうって結論に辿《たど》り着きますから」

「わかりました。それで?」

「アポリアに許可を出した著作権者というのが、銀縁さん——というのは、たぶん正確ではありません。アニメは個人で制作しているものではないから。でも、あの人がかなり強く我儘《わがまま》を言える立場にいると考えます」

「はい。考えましょう」

「だとすれば、今『現実』にいる銀縁さんの状況は、とても面白いですよね。株式会社アポリアが権利を持つ架見崎というこの場所の中で、あのアニメDVDの権利だけ、例外的に銀縁さんが握っています」

ね? と笑って、秋穂が月生をみつめる。

月生はほんの短い時間、考え込んで、それから目を見開いた。

「銀縁さんは、そのＤＶＤの中身を自由に変更できるということですか？」

そう。それが、香屋と秋穂が話し合って出した結論だ。

銀縁は自らの権利を行使することで、彼の著作物であるアニメ「ウォーター＆ビスケットの冒険」を修正できる。すると、架見崎内に存在するＤＶＤの内容も修正される。つまり銀縁は現実にいながら、あのＤＶＤの中でだけ架見崎に語り掛けることができる。

こう考えると、「L124」の意味も明白になる。

トーマの説明では、架見崎内の時間は、現実に対してずいぶん速く進んでいる。現実のおよそ三〇〇倍――けれど三ループごとに、インターバルが発生する。アポリアは一日の使用時間が八時間までと決まっているため、トーマやパンを翌日まで休憩させる必要があるのだ。

このインターバルが次に入るのは、一二三ループ目が終わったとき。つまり「L124」とは、「次のインターバルを終えたあと」という意味だと解釈できる。

以上の推測を元に銀縁のメッセージを読み替えると、こうなる。

――現実時間で二四時間以内に、ＤＶＤの中身を書き換える。その修正後のバージョンを確認するように。

香屋は口を開く。

「たしかな根拠はないですよ。でも僕は、この推測を信じることに決めました」

以前、香屋は月生に頼んで、銀縁にこんなメッセージを送ってもらっていた。

——架見崎中に、生きろと伝える物語を創《つく》って欲しい。

その答えが、DVDの中に現れる。本当に？

まるで、夢みたいだ。でも追いかけるしかない夢だ。

「だから僕は、銀縁さんからの伝言が現れるのを待ちます」

このループ——一二一ループ目は、あと四時間で終わる。そこから、二ループ。六二日間。一四八八時間。それだけ耐え抜けば、桜木秀次郎からのメッセージが届く。

秋穂が言った。

「幸い、ウォーターも事をゆっくり進めたい状況です。食料攻めを選んだんだから、じんわりこちらを苦しめるはずです」

けれど、彼女の言葉には月生が反論する。

「どうでしょうね。八月の架見崎は、すでにずいぶん煮詰まっている。一ループは猶予《ゆうよ》があったとしても、二ループはわかりません」

月生が言うこともわかる。

現実の戦いで食料の補給を断ったなら、時間経過が大きな意味を持つ。けれど架見崎では——少なくとも今回のトーマの作戦では、そうではない。

あいつはループ時に平穏が獲得できるはずだった食料を大量に奪った。でも、まだ少しは手に入る。そしてその「少しの食料」はループのたびに回復する。理屈では、一ループ耐えられれば、何ループだって耐えられる。

とはいえもちろん、精神的な負荷は受け続ける。空腹を抱えながら長いあいだ暮らすのは辛《つら》く苦しいことだろう。何事もなければ、香屋は秋穂が言う通り、「トーマは時間をかけて攻める」と判断する。

問題は、「何事もないわけがない」という点だった。

香屋は秋穂に目を向ける。

「ユーリイがどれだけのあいだ、じっとしているのかわからないよ。あの人は戦争で架見崎のゲームに決着をつけるつもりだ」

「でも、ユーリイにも準備が必要なのでは？　私であれば世創部を落とす前に、平穏を内側から掌握しておきたいですよ」

「ユーリイが平穏の部隊リーダーになることは、もう決まってるでしょ。ならあの人の準備は、だいたい終わってるんじゃない？」

ユーリイは強力な洗脳能力を持つ。

香屋は未《いま》だにその詳細を知らないが、なんにせよ洗脳というのは使い勝手が良すぎてずるい。内政――なんていうと大げさだけど、チームの運営でも使える。戦闘でも使える。そしてもちろん、「架見崎のゲーム」の決着でも使える。

秋穂には言うまでもないことのような気がしたけれど、自身の考えをまとめるために、香屋は律儀《りちぎ》に説明した。

「ユーリイが加わった平穏が、世創部を倒したとしよう。それで架見崎に残ったチームが平穏だけになったら、次はリリィをこのゲームの勝者にしなければならない。メインチームと全部隊とを交戦中にして、部隊の方がみんな負けを宣言すれば、架見崎はすべてひとつのチーム――リリィがリーダーをやっているメインチームのものになる」

やっぱり秋穂の頭の中でも、だいたい同じビジョンがあったようで、彼女は軽く頷いてみせた。

「でも、ユーリイは裏切るでしょうね。上手《うま》くリリィを洗脳すれば、反対にあの子の方が敗北を宣言しちゃうのかもしれません。すると、戦闘さえなく、ユーリイの部隊が架見崎を支配します」

「うん。そうなる」

「でも、こんなの机上の空論ですよ。ユーリイは信頼されてないんだから」

それもまあ、その通りだ。

ユーリイは強すぎる。平穏の誰も、彼がリリィに付き従うなんて考えていない。だから世創部を倒せたなら、次はユーリイの部隊との戦争になるだろう。

「もしも平穏と戦うことになったとしても、ユーリイはかまわないんじゃないかな。あの人はたぶん勝ち切れる気でいるし、僕もそうなると思う」

「じゃあ、トーマはこの状況で、どう動きますか？」

「僕があいつなら、食料攻めにもうひとつなにか別の作戦を乗せる。――いや、ううん、どうかな。たぶん、傍観っていうのはないような気がするけど」

「歯切れが悪いですねぇ」

「最近のあいつ、ホントに無茶苦茶だから」

トーマの狙いがわからない。

この架見崎のゲームでトーマ――世創部がひとり勝ちするのはずいぶん難しいように思うけれど、あいつはまったく別の目的に向かっている感じがする。こちらはオセロをしているつもりなのに、あちらは同じ盤面で五目並べをしているような。香屋が「ここからが勝負だな」と思って頭を捻《ひね》っていると、急に「はい。石が五つ並んだから私の勝ち」みたいなことを言いだしそうな不気味さがある。

ふっと息を吐いて、香屋はソファーの上で身を起こす。まっすぐに月生と向かい合って座った。

「なんにせよ僕は、相変わらず大ピンチだってことです」

「ええ。それはよく知っていますよ。わざわざエデンまでやってきて、さんざん聞かされましたから」

トーマも、ユーリイも怖い。もちろんヘビだって怖い。どいつもこいつもバランスがおかしい。考えれば考えるほど絶望的なこの状況で、香屋は逆転の一手を探している。

だから、月生を頼ることにした。

最強の強化士《ブースター》としての彼ではなく、架見崎の例外としての彼を。

「ねぇ、秋穂。一緒に考えて欲しいんだ」

「なにをですか？」

「月生さんのこと」

今の架見崎には、三種類の例外がいる。

ひとつ目はトーマとパン。「現実」から来た人たち。

ふたつ目はヘビ。加えるならカエル。アポリアそのものといえるAI。

そしてみっつ目が、月生。香屋は秋穂に聞かせるため、すでにエデンで確認したことをもう一度尋ねる。

「月生さん。貴方は、七月の架見崎の勝者ですね？」

現在は八月をループする架見崎。けれどそれは、一月から始まったのではないかと香屋は考えている。一ゲームが終了するたびにひと月ずつ経過し、今回は八番目のゲームだから、八月。そして、前のゲーム——七月の戦いに、月生は勝利した。

彼は頷く。

「はい。その通りです」

「なら、やっぱり貴方は、特別です」

香屋が逆転の一手として探し求めていたのは、情報だった。トーマもユーリイも知らない情報。七月を超えて八月に至った、月生だけが知っていること。

続けて尋ねる。

「どうして七月の勝者が、八月の架見崎にいるんですか？」

「実のところ、私も正確な説明を受けているわけではありません。ですがおそらく、七月の終わりに、私が賞品として求めたものが理由でしょう」

架見崎のゲームの賞品。

――欲しいものを、なんでもひとつ。

月生はそれを手にする権利を得て、そして行使した。

「貴方は、なにを望んだんですか？」

彼はわずかに笑う。

自嘲《じちょう》のように、冷笑のように、懺悔《ざんげ》室《しつ》での告白のように。

「私に、生きる意味をください」

ああ。なんてことだろう。

この望みを知ったときの、カエルの頭の中を覗《のぞ》いてみたい。

こんな、まるで、アポリアの本質を突き刺すような言葉。

香屋は秋穂の表情をうかがう。彼女は目を細めて考え込んでいる。けれどふいに、呆《あき》れた風に笑った。

「奇妙ですね。まっすぐなのに、捻《ね》じれている」

そうだ。その通りだ。

現実ではアポリアという「望む人生を体験できる装置」の誕生により、自殺者が急増した。多くの人は二、三度も理想通りの生涯を体験すると、それで満足して死んでしまうようだった。この問題を解決するため、カエルは「生命のイドラ」を探し始めた。

生命のイドラ。ゼロ番目のイドラ。「生きることの価値」を伝えるなにか。それの正体をトーマは「物語」だと予想した。けれどなんにせよ、それはまだみつかっていない。アポリアさえ実体を知らないもの。生命のイドラの発見のため、アポリアは——カエルは架見崎の運営を始めた。

だから秋穂がいう通り、月生の願いは、架見崎に対してまっすぐだ。彼はこの世界の目的そのものを望んだのだから。

そして秋穂がいう通り、月生の願いは、架見崎に対して捻じれている。彼は架見崎という実験の過程にいながら、成果そのものを望んでしまったのだから。

「どう思う？」

短く尋ねると、秋穂は軽く目を伏せた。

「アポリア側の視点で考えるなら、考え方は大雑把に三通り」

「本質を無視するか、最小限の努力で済ませるか、真面目《まじめ》に苦労するか？」

「たぶん、そうかな。貴方の言葉が雑過ぎて、どこまで私の考えと同じだかわかりにくいですが」

「念のためにちゃんと説明して」

「月生さんもアポリアが生んだＡＩなら、生きる意味を与えるのは、とても簡単なんじゃないかと思います。そういう風に月生さんを——月生ＡＩ的なものを書きかえればいいだけだから」

そうだ。

この人の人格に手を入れてしまうのが、もっとも簡単だ。

「でもそれじゃ、月生さんが八月にいる理由がないよ。っていうか、すごく勿体《もったい》ない」

アポリアは生命のイドラを探していて、月生は生命のイドラを望んだ。——雑にまとめると、七月の終わりに起きたのはこういうことだ。

ならきっと、カエルは月生を貴重なサンプルだと考えるはずだ。この人の人格に手を加えて、上辺だけ望みを叶《かな》えるのは勿体ない。架見崎の本来の目的を無視している。

秋穂が続ける。

「ふたつ目は、月生さん専用の生きる意味を用意することです。たぶん、運営が探している『生命のイドラ』っていうのは、なんていうか、人類全体に使える特効薬みたいなものですよね？　アポリアはまだそれを知らないのかもしれませんが、でも月生さん専用の薬であれば、まだしもみつけるのは簡単そうです」

「うん。わかるよ」

「一般相対性理論の前に特殊相対性理論を発表しておく、みたいな」

「その比喩《ひゆ》、いる？」

「私の理解のためのやつですよ。なんか雰囲気で流してくださいよ」

「オーケイ。みっつ目は？」

「ごくシンプルに、アポリアが月生さんへの賞品として、生命のイドラをみつけだすつもりだってパターン」

　そう。それだ。

　架見崎の運営は本来、そこを目指さなければならない。でも。

「だとすれば月生さんの賞品は、まだアポリア内に存在しない」

「はい。ない賞品は渡せない。だからアポリアは、月生さんを消せなかった。結果、八月にもこの人が存在することになった」

「あり得る？」

「現状をみると、むしろ本命じゃないですか？」

　秋穂の言葉に、香屋は頷く。

　月生はただ七月を超えて八月に現れただけじゃない。この人は、株式会社アポリアの名刺なんて奇妙なものまで持っているのだ。この世界にいる通常のＡＩ――架見崎のプレイヤーからはみ出し、運営の領域に片足を突っ込んでいる。

　それはつまり、カエルからのメッセージじゃないだろうか。

　――貴方も一緒に、生命のイドラを探しましょう。

　月生が言った。

「だとして、私の事情が、現在の戦況と関係しますか？」

当たり前だ。

「架見崎の賞品が、ひとつ宙に浮いている。そのカードはジョーカーです」

自在に切れるカードではない。

それでも。場に出さえすれば、状況を一変させるカードだ。

＊

同じころ、トーマもまたその一行について考えていた。

――L124 hungry?

引っ越したばかりの新居――元はPORTが本拠地として使っていたホテルの、一階にあるラウンジで、向かいにはニックとコゲが座っている。

ニックの方がうつむくように背を丸め、太ももの上に両肘を置く。

「ゲームとしては、アンフェアですよ。銀縁さん――イドについて、良く知らないと解けない。というかおそらく、あの人と一緒にキネマ倶楽部《くらぶ》で過ごした経験がないと」

「そうなの？」

「What do you want――この英単語四つの短い書き込みから、チャップリンの言葉を連想できますか？」

「いや。考えもしないね」

掲示板への書き込みから解答を導き出したのはニックだが、トーマは暗号の読解方法のレクチャーを求めなかった。

重要なのは解答の解釈で、もちろんトーマも「hungry?」という言葉から「ウォーター&ビスケットの冒険」の冒頭を連想した。なんといってもイド——桜木秀次郎は、あのアニメの監督兼脚本家なのだから。

コゲが口を開く。

「まるで情報にジャミングがかかっているようですね。元キネマの人間が解答を導き、その解答をアニメ『ウォーター&ビスケットの冒険』の知識を持つ人に伝えなければ次に取るべき行動がわからない」

その言葉に、トーマは頷く。

「該当するのは、オレと香屋、それから秋穂。この三人のうちの誰かが、キネマにいた人たちと手を組むことが求められている。イドはいったい、誰が解答に到達することを狙《ねら》っていたんだろうね」

ニックが、不機嫌そうに左足を揺する。

「そりゃ、あっちでしょ。キドさんかリャマあたりが解いて香屋に伝えるってルートが真っ当です」

「でも、君も答えに辿り着いた。イドが本気でジャミングをかけていたなら、そんなことが起こるかな?」

「どうでしょうね。なんにせよ、大事なのはアニメのDVD。今からそいつを奪い取りますか？」

「まだいい。時間をかけて準備する」

そのDVDは、平穏な国の領土内のレンタルショップにある。

今思えば、さっさとあれを自分のものにしておけばよかった。適当な能力で加工しておけば、ループを超えて手元に留めることもできた。けれどトーマがまだ平穏な国にいたころは、あのDVDがキーアイテムになるなんて想像もできなかった。

当時はこんな風に考えていた。――どうしても観《み》たくなればまた平穏を訪ねれば良い。身勝手に独り占めする必要はない。新たなファンが増えるのに期待して、棚に置いたままにしておこう。

トーマは続ける。

「香屋も暗号の答えに辿り着いていたなら、考えることが増えるね。あっちは食料難をものともせず、一二四ループ目まで時間が経過するのを待つかもしれない。逆にいえばおよそ二ループ間、こちらの方が自由に動ける」

これまでトーマは、空腹で苦しんだ平穏の人たちが、ぽろぽろと世創部に寝返るのを待つつもりだった。けれどイドからのメッセージで状況が変わった。

焦点は、一二四ループ目。およそ二ループ後までに、あのアニメDVDを手に入れる手段を用意したい。

コゲが首を傾げる。

「ウォーター。貴女《あなた》は、そのDVDがどれほど重要だとお考えですか？」

「まったくわからない。架見崎を根底から揺るがすレベルなのかもしれないし、ただキネマ倶楽部に向けた最後の挨拶《あいさつ》が現れるだけなのかもしれない」

「価値がわからないものに、どれほどの労力を払うつもりですか？」

「払えるだけ払うよ」

「なぜ？」

「理屈じゃ、香屋にあのDVDの中身をみせないことが大事だから。あいつに未知の手札を与えたくない。それにこっちがDVDを手に入れれば、強力な交渉のカードにもなる。中身がどれほどつまらないものでも、あっちがそれを知らなきゃ関係ない。香屋は高いコストを払ってでも中を確認しようとする」

「ですが、香屋くんひとりでできることには限度があります。平穏な国というチームが、どこまでそのDVDに価値を見出《みいだ》すのかはわかりません」

「うん。本音じゃ、オレ自身がイドからのメッセージを確認したい。この目でみてみたいんだ」

　架見崎がどうという話ではない。

　アニメ「ウォーター&ビスケットの冒険」の作者がそのDVDの内容を書き換えるというのなら、どんな内容であれ中身を知りたいに決まっている。

「じゃ、戦争ですか？」

とニックが言った。

軽く首を振ってトーマは答える。

「いや。やらない」

力任せに奪い取る。わかりやすい方法ではある。でも、その手のケンカはしたくない。こちらから殴り掛かれば殴り返される。あちらにユーリィが加われば、どうしたって殴り負ける。

「平和的に話を進めよう。これからの交渉は、一方的にこちらが有利だ」

世創部には食料が有り余っている。これからしっかり飢える予定の平穏には、その食料をずいぶんな高値で売りつけられる。慌《あわ》てることはない。ＤＶＤが意味を持つのはまだ二ループも先だから、あのチームをじっくりと苦しめながら話を進めれば良い。

今はそれよりも、優先して処理すべきことがあった。

硬い足音が近づいてくる。そちらに目を向けると、ふたりがいた。紫《むらさき》と、白猫《しろねこ》。彼女たちには、簡単な雑用を頼んでいた。トーマは短く声をかける。

「どう？」

つい最近、ユーリィが斬《き》り捨てたエデンの人員――その多くは、元ＰＯＲＴの市民たちだ――を吸収したため、世創部はさらに人口を増している。一度に大勢が集まると、揉《も》め事が起こるのは当然で、平穏から戻ってすぐに「ふたりで見回りをして欲しい」と頼んでいた。

紫が答える。

「白猫を連れて歩けば、ケンカをする人なんていませんよ」

「でも、白猫さんはひとりしかいないよ。ずっと領土内を見張ってもらうわけにもいかない」

「たしかに血の気が多いのが交じっているようですが、大丈夫でしょう。今のこのチームには溢《あふ》れるほどの物資があります。物が足りれば、争いは起きません」

「ああ、それも気になっていたんだ。食料の配給は？」

「チケット制の物資売買は、上手く機能しているようです。急造のルールですが、貴女の想定通りに」

「元はＰＯＲＴのやり方の真似《まね》だし、詳細を詰めたのは君とパラポネラだ」

「でも、これだけひと息にチームの規模を増して目に見えた問題が起きないのは、やっぱり貴女の方針が正しいからですよ」

ふっと息を吐き、トーマは先ほどと同じ、短い問いを口にする。

ただし、今度はニックに向かって。

「どう？」

ニックは悪臭を嗅《か》いだときのように、大げさに顔をしかめていた。

「なんか、皿に盛りつけられたクレープみたいな感じですね」

「どういう意味？　それ」

のが」

「見栄《みば》えは良いけど、大事なものが欠落している。思い出っていうか、親密さみたいなも
「オレはわりと、皿に載ったクレープも好きだけど」

「でも学校帰りに食おうって気にはならないでしょ？」

「ま、そうかな」

「やっぱ、クレープは手に持って食いたいですよ。ナイフとフォークってのは、違う。魅力はそこじゃないんだから、ケーキだとかに憧《あこが》れてんなよって話です」

ニックはぺらぺらと喋《しゃべ》りながら、なんでもない風に——たとえば頬でも掻《か》くような、気楽な動作でナイフを投げた。そのナイフがまっすぐに飛び、紫の手のひらに突き刺さる。

彼女が咄嗟《とっさ》に、手を顔の前に掲げなければ、そのまま眉間《みけん》に突き刺さっていただろう。

紫。あるいは、彼女と同じ姿をした何者か。

それは背を向けて駆け出そうとしたようだった。けれど、逃げられるわけがない。ここには白猫がいるのだから。

トーマには白猫が、どんな風に動いたのかもよくわからなかった。気がつけば紫が床に倒れている。腹這《はらば》いの体勢だ。その左腕を、背中に乗った白猫が捻《ひね》っている。

トーマは「彼女」に声をかける。

「初めまして、かな？　スプークス」

スプークス。平穏な国の聖騎士——部隊リーダーのうちのひとり。

トーマが平穏に入ったころから、スプークスは聖騎士の席に着いていた。けれどその姿をみたことはなかった。いつも不在の幽霊《スプークス》。

スプークスは紫の姿のまま答える。

「いつ、気づいた？」

「さあ。でも、ほら。紫は友達だから」

本当は、平穏からの帰り道で気がついた。

トーマの鼻歌に対して、紫――のふりをしたスプークス――がまるで、その歌を知っているような反応をみせたのが理由だ。

けれど、そんなはずがない。なぜならあのときトーマが口ずさんでいた歌は、数年前に現実で流行《はや》ったもので、著作権の問題でアポリア内には存在しない。そして紫は、知らない歌を「知っている」なんて言うような、ちゃちな嘘《うそ》はつかない。

トーマはテーブルで頬杖《ほおづえ》をつき、スプークスを見下ろす。

「世創部にようこそ。ちょうど君のその他能力《オリジナル》を知りたいと思っていたんだ。ほら、平穏にいたころだって教えてもらえなかったから」

スプークスは白猫に押さえつけられたまま、それでも健気《けなげ》にトーマを睨む。

「ここで私が捕まることは、可能性のひとつとして想定されている。平穏には紫がいる。私を傷つけなければ、彼女の身柄と交換する」

トーマは、スプークスの言葉を無視して続けた。

「平穏からの帰り道。あのときの会話は、なんだか違和感があった。君の言い回しは自然じゃなかった。ええと、たしか――私たちは似ていますね。あれを、無理やりにでも尋ねたがっているようだった」

「話すことはない。殺すなら殺せ。ただし私を傷つければ、その倍は紫が傷つく」

紫は大切だ。もちろん、人質の交換には応じる。

けれどせっかくの機会だ。その前にしっかり検索《サーチ》させてもらう。

コゲはすでに端末を操作していた。

「ループまでには、能力の詳細が判明するでしょう」

「うん。ありがとう。――でも、不思議だね。うちと平穏の交戦状態は、ループになれば途切れてしまう。スプークスの能力が他者に変身するものでも、それだってきっと解除されるでしょう？　このタイミングでうちにもぐりこんでも、情報を集める時間もない。いったいなにをするつもりだったの？」

スプークスはもう口を開かない。

トーマは椅子《いす》の背もたれに身体《からだ》を預け、足を組んでみる。なんとなく「大きなチームの怖いリーダー」を演じてみようとしたのだ。

「君の能力の発動には、おそらくなんらかの条件がある。ある質問に特定の返答をした相手の姿になれる、という風な。だから平穏では、オレと紫を引き離した。まずは紫で条件を満たすために。そして紫の姿を手に入れた君は――そうだね。次は、オレで条件を満たそうとした」

背後にいるのは、シモンだろう。

彼だって――先ほど、スプークス自身が言った通りに――手駒《てごま》を世創部にもぐりこませる危険は理解していたはずだ。まずまず高い確率で捕まる。それでも、ギャンブルをすることにした。

――つまりシモンにとって、スプークスが「私の姿」を手に入れることが重要？あるいはスプークスは「外見」以外のものも奪えるのか。たとえば、能力まで相手と同じになるなら、非常に強力だ。

と、考えた辺りで、トーマは思考を止める。今の段階では可能性が多すぎて、あれこれと思い悩むのは無意味だろう。

白猫が言った。

「おい。これをどうする？」

スプークスを押さえつけているのが、面倒になったのだろう。

トーマは軽く首を傾げて答える。

「まずは端末を奪って監禁します。次に、美味《おい》しい食事を用意します。それから、うちの一員になってくれないか説得します」

「チームに加えるのか？」

「紫を取り戻さないわけにはいかない。だから一度は平穏に返します。でも、できればそのあとは仲良くしたいな。だってわくわくするでしょぅ？　変身能力なんて」

話しながら、トーマはニックに目を向ける。

彼の様子は、別に普段と変わらない。なんだかつまらなそうな、もう世の中に飽きてしまったような、けれど根っこは繊細な顔つきでスプークスを見下ろしている。

トーマはゆっくりとした口調で繰り返す。

「紫を取り戻さないわけにはいかない。彼女の奪還を優先する」

ニックは視線をこちらに向けて、ほんの短いあいだだけ真剣な顔をみせてから、すぐに半端《はんぱ》な笑みを浮かべた。

「そんなに強調しないでくださいょ。嘘臭く聞こえる」

トーマの方も苦笑する。

「でも、ちょっと安心したでしょ？」

ニックはもうなにも答えず、ただうつむいて頭を搔いた。

＊

そして、一二一回目の八月三一日が終わり、ループが始まる。

このループの直前に、各チームは大胆にポイントを動かした。

もちろん、チームを強化するために。けれどもうひとつ、世界平和創造部が仕掛けた「平穏な国の食料を狙った攻撃」の成否を決めるために。

つまり平穏な国は食料難を解決する能力を獲得しようとし、世界平和創造部はその能力の獲得を阻止しようとした。結果、架見崎でも極めて珍しい戦いが発生する。

それは、能力を用いた戦いではない。

より手前の段階――能力の獲得自体を巡る戦いだ。

2

長机に、三体のマリオネットが並んでいる。

向かって右から順に、ネコ、カエル、フクロウ。

その三体をざっと眺めて、けれどけっきょくはカエルに向かって、秋穂栞《しおり》は口を開く。

「今さらではありますが、ずいぶん無茶なゲームに巻き込んでくれたものですね」

無茶、というか、悲惨。けれど状況をまとめると、茶番じみてもいる。初めから命を持たないAIたちの、命がけの戦いなんて。本当は勝っても負けても、やがて消えていくだけなのに。

カエルが、右手で頭を掻く。気まずそうにみえなくもない。

「八月の架見崎は、想定外ですよ。貴女たちがそれを知る予定はありませんでした」

「でも、必死に隠したわけでもないでしょ」

「貴女たちに一定の自由――知る権利みたいなものを与えるのは、避けようのないことです。こちらは生命のイドラなんて、アポリアさえ答えを知らないものを探しているのですから、刺激のバリエーションは多い方が良い」

たしかに、香屋から架見崎の真相を聞いて、秋穂はアポリアの目的に一歩近づいたのだと思う。

――こんなことなら、初めから生まれてこなければよかった。

なんて考えが、頭をよぎったのだから。

とはいえ今のところ、秋穂は死にたいわけじゃない。生きていることも忘れるくらいに安心して生きていたい。すべてを忘れて、友達とだべっていたい。

カエルが続ける。

「貴女の葛藤《かっとう》は、私たちにとって貴重なものです。限りなく人間に近い思考を持ちながらも、自身の成り立ちを理解したAIの死生観に関するデータ。こんなもの、現状では数えるほどしか取得できていませんから」

「ゼロではないんですね」

「はい。けれど架見崎で取れたそのデータは、ずいぶん歪《いびつ》ですよ。月生、香屋歩、ユーリイ。それぞれ極端で、貴女はまだしも『人間らしい人間』かもしれません」

「まだしもっていうか、その中じゃ、跳び抜けていちばんでは？」

他に、どこに人間らしい人間――正確にはAI――がいるというんだ。

けれどカエルは、軽く首を傾げてみせる。

「私は『人間らしい人間』の定義を知りませんが、そうですね。あやふやな直観では、貴女と月生さんがトップ争いですね」

いや、馬鹿《ばか》な。

「月生さんよりはだいぶ私の方が人間っぽくないですか？　明るく可愛《かわい》く落ち込みやすい秋穂ちゃんですよ？」

「どちらかといえば、月生さんの方が一歩リードという感じもします」

「そんなわけないでしょ。貴方は私をへこませて、どうしたいんですか。もしかして負荷テストみたいな？」

「ただの素直な感想です」

そう言ったカエルは、これみよがしに時計に目を向けて、続ける。

「ところで、こんな風に雑談をしていて良いんですか？　今回の能力獲得、長くなるなら通例通りに一五分間の時間制限を設けますが」

けれど秋穂にとって、この時間はそれほど重要ではない。

「獲得する能力は、ここに来る前に決めてきましたよ。私、宿題はさっさと終わらせるタイプですから」

「それはよかった。では、さっそくその宿題のご提出をお願いします。今回はあちこちで能力の獲得が白熱していて、こちらの方が負荷テストを受けている気分ですよ」

苦笑するような口調でそう言ったカエルは、器用にため息をつくジェスチャーをしてみせた。

彼の動作はいちいち嘘くさいが、でも本心ではあるのだろう。

――スーパーやコンビニから食料を獲得できないのであれば、能力でそれを手に入れてしまえば良い。

平穏な国はそう考えており、もちろん世創部側も、これに対抗するはずだ。


少し前。シナモンの匂《にお》いに気づいた翌日、二七日。

秋穂は香屋に付き合って、「食料難を解決する能力」について議論していた。

「まずは、エヴィンの『もうひとつ』から検証をはじめよう」

と香屋が言った。

「あの能力は、対象にしたものの複製を作る。マンションひとつなんて大きなものだってコピーできる。だから平穏な国に残った食料をみんな集めて倉庫に詰めて、その倉庫を『もうひとつ』生み出せば、きっと食料が二倍になる。でも効果時間が五分しかないのがネックで、『もうひとつ』で生んだ食材でお腹《なか》をいっぱいにしても、五分後にはまた腹ぺこに戻る」

香屋の説明を頭の中でかみ砕きながら、秋穂は口を開く。

「じゃあ、効果時間延長の能力を獲得しますか？」

「どれくらい延ばせば良いと思う？」

む、と秋穂は言葉を詰まらせる。

難しい――というか、運営の設定次第で答えが変わる質問だ。

「えっと、とりあえず食べた物を消化するまでで良いなら、丸二日も延ばせば充分ですよね。問題は、食事を消化してから大元のその『食事』が消えちゃったとき、どうデータが変化するのかで」

「うん。身体が吸収したエネルギーまで消えちゃう可能性がある。四八時間前の食事の栄養が唐突に身体から消えたとき、どうなるのか僕にはわからない。けっきょく、運営の設定次第なんだから」

「いきなり栄養失調で倒れちゃうかもですよね。なら、絶対安全だって言いきれるのは、次のループまで三一日間の効果時間延長」

「でもそれは現実的じゃない。補助《サポート》の基礎能力に強化《ブースト》の効果時間延長があるけれど、分刻みでポイントがかかる」

秋穂は、腕を組んで考える。そもそも効果時間がたった五分しかない「もうひとつ」を、そのまま延長しようとするのが非効率的なのではないか。

「たとえば私の『伝説の装備』を使って、『もうひとつ』で生み出した食料庫を永続化するのはどうですか？　こっちのルールテキストには『物理的な破損以外の理由でその機能を失わない』って明記されていますから、『伝説の装備』の効果対象になったアイテムは時間経過では消えなくなるはずです」

もちろん香屋の頭にも、「伝説の装備」の活用はあっただろう。

彼は難しそうに眉《まゆ》を寄せてぼやく。

「あれ、ルールがやたらややこしいんだよな」

「貴方が取らせたんでしょう」

「なんにせよ『伝説の装備』は使用対象が限定されてるよ。たぶん、『もうひとつ』で増えた食料には使えない」

ああ。たしかに。「伝説の装備」化できるのは、ポイントで運営から買ったアイテムか、能力で加工されたアイテムだけのはずだ。おそらく「もうひとつ」で増えた食料庫は、どちらにも含まれない。

端末を取り出して、自身の能力の効果テキストを読み直す秋穂に、香屋が続ける。

「けど、まあ、後付けで加工すればいいか」

端末をみつめたまま、秋穂は確認する。

「つまり『もうひとつ』で増やした食料庫を、適当な能力で加工して、無理やり『伝説の装備』の使用対象に加える感じですか？」

「うん。ルールテキストを素直に読めば、『もうひとつ』で作った食料庫は『伝説の装備』化できないけど、その倉庫を別の能力で加工したあとでなら『伝説の装備』化できるようになるはずだよ」

「バグじゃないですか」

「仕様って言い張れば仕様の範疇《はんちゅう》でしょ」

「まあなんでも良いですが——でも、そうか。たぶんダメですよ。そもそも『伝説の装備』の対象は、アイテム単位なので」

倉庫を「伝説の装備」化しても、中に詰めた食料にまでは効果を及ぼさないだろう。倉庫だけが永続化しても意味がないし、クッキー一枚ずつに使用回数を消費するなら、こちらもやっぱり実用的なコストではない。

香屋が、軽く頷《うなず》いてみせた。

「たしかにね。でも、じゃあエヴィンの『もうひとつ』は、個数じゃなくて範囲が対象の能力なのかな？」

「さあ。私は、そちらの能力の詳細を知らないので」

「もしも『もうひとつ』の対象が『なにかひとつ』なら、ビルをコピーしても中身はからっぽで生まれるはずでしょ？　でもあの能力はたぶん、中の椅子とか机とかまでコピーされてると思う」

「じゃあ、範囲が対象の能力ですよね。普通に考えて」

ビルひとつを対象とした能力ならビルしかコピーできないが、ビルの範囲すべてを対象とする能力なら中身までコピーできる。そう考えるのが自然だ。

香屋が、きゅっと目を細める。

「つまり、能力の対象を個数から範囲に変更する補助能力《サポート》を獲得すればいい。『伝説の装備』が範囲に対して使えるようになれば解決でしょ」

「たしかに。めちゃくちゃポイントが高い気もしますが」

「うん。でも、試すだけ試してみよう。効果範囲を、たとえば直径一〇メートルとかにする能力なら高そうだけど、一〇センチならそうでもないかもしれない。この場合、食料庫を一〇センチまで小さくして、『伝説の装備』化したあとで元に戻せる能力を手に入れれば良い」

「なるほど。メモっときますね」

秋穂は手元のノートに、箇条書きで今の話をまとめる。

そうしているあいだにも、香屋が次の話を始める。

「さて、次は『パラミシワールド』を活用するパターンだけど――」

こんな話を、ずいぶん長い時間続けた。

昼食の前に始めて、日が暮れるまで。様々な能力の可能性を考慮し、獲得候補の能力の一覧を作り上げ――そして、けっきょくはその一覧とはまったく関係のない能力を獲得することに決めた。


今回、秋穂が獲得する能力はふたつ。

一方は「安心毛布」、もう一方は「昨日の正夢」と名づけている。

そのふたつの能力の内容を聞いて、カエルが「へえ」とつぶやく。

「意外ですね。そちらに進むのは」

「そうですか?」

「はい。非常に」

だとすればカエルは、香屋歩を理解していない。

秋穂が「獲得できますか?」と尋ね、カエルが「問題ありません」と答える。

必要ポイント決定の処理を進めながら、カエルはさらに言った。

「どうして、こんな能力を?」

ごく単純な話だ。

「香屋が、相手から仕掛けられた戦いに、まともに乗るわけがないじゃないですか」

当然、逃げ出す。別のルートを探る。いつものあいつの思考から外れた選択ではない。

けれどカエルは、首を振る。

「あの少年の話ではありませんよ。貴女です」

え、と思わず、秋穂はつぶやいた。

あまり興味もなさそうに、カエルが続ける。

「彼がこれらの能力を欲するのは、まあわかります。けれど、貴女が素直にそれに乗るというのは意外です」

秋穂は顔をしかめる。

――基本的に、私はなにも決定しない。

どうしても必要にならなければ、自主的に大事な決断を下すことはない。香屋の話し相手になり、あいつがスムーズに思考をまとめる役割に徹するのが、秋穂栞だ。

けれど。

「たしかに。これは、私らしくはないのかも」

カエルに、というよりは、独り言のような気持ちでそうつぶやく。

実のところ今回、秋穂は香屋の「やり口」に、違和感を覚えていた。

＊

同じとき、トーマもまた三体のマリオネットと向かい合っていた。

カエルが呆れ顔で――その顔自体は変化することのない作り物だが、トーマからは呆れ顔にみえる動作で――ぼやく。

「もう少し、運営に負担がかからない戦い方を心がけてもらえませんか？」

トーマの方は、気楽に笑う。

「いいじゃない。これまでの七か月間じゃ、取れなかったデータでしょ？」

「珍しければ良いというものでもないんですよ」

「そう。ずいぶん一所懸命に考えたんだけど、君の役には立たなかったかな」

今回の、「能力《オリジナル》の獲得」を巡る戦いのポイントは、アイデアの数だ。

その他能力には、こんなルールがある。

——同じ、あるいは極めて類似していると運営が判断するその他能力《オリジナル》は、同時に架見崎に存在することができない。

このルールは、「すでに他プレイヤーが取得しているその他能力《オリジナル》は獲得できない」という風に簡略化して伝えられることもあるが、説明として充分ではない。間違ってはいないけれど、重要な点の説明が抜けている。

その他能力《オリジナル》の獲得がバッティングしたとき——つまり同じループのタイミングで、複数のプレイヤーが同じ効果のその他能力《オリジナル》を獲得しようとした場合の処理だ。

これはとっても検証が簡単だから、特別に価値のある情報というわけではない。架見崎でそれなりに情報を握っている連中、ユーリイだとかシモンだとかはもうとっくに知っているし、トーマ自身も試してみたことがある。

答えは、「その他能力《オリジナル》の獲得がバッティングした場合は、いずれのプレイヤーもその能力を獲得できない」となる。

たとえば前の戦いで、ユーリイがニッケルを殺さなかった理由も、おそらくはここにある。あの戦いでは、酔京《すいきょう》、ニッケル、BJの三人がエデンを裏切った。BJは別の戦いで死亡したからおいておくとして、酔京、ニッケルは共にユーリイと戦った。そしてユーリイは酔京を殺し、ニッケルを捕らえた。

ニッケルの能力は、とても優秀だ。「例外消去」——範囲内のその他能力《オリジナル》を問答無用で消し去る能力。元から使い勝手の良い能力だし、ヘビのせいで価値がさらに高まっている。

死後もその他能力《オリジナル》で架見崎に留まるヘビを、一撃で消し去ってしまえる能力だから。

ユーリイは、裏切り者だと判明したニッケルを殺し、「例外消去」を自分たちで取り直したかったはずだ。けれど「例外消去」が空いていれば、トーマだってもちろんその能力を獲得しようとする。するといつまでもバッティングが続き、どちらも能力を獲得できない。ヘビ対策の切り札が架見崎から消えてしまうのは、ユーリイにとっても都合が悪く、仕方なくニッケルを生かしたままにしたのだろう。

――つまり。

と、トーマは考える。

――相手に取らせたくない能力は、バッティングし続ければ良い。

今、平穏な国に食料難を解決する能力を取らせたくないのであれば、同じ能力の獲得をこちらが運営に提案し続ければ良い。

だからこれは、アイデアの数を競う戦いだ。

こちらが、食料問題の解決に繋《つな》がる能力をすべてリストアップできていれば勝ち。こちらの想像が及ばなかった能力を向こうが獲得してしまったなら負け。

「まあ、納得感はありますよ。貴女に有利な戦いですから」

とカエルが言った。

笑ってトーマは答える。

「ありがとう。うちには、人員が大勢いるからね」

「はい。こんな風に戦えば、数の有利が上手《うま》く機能します」

トーマからみても、香屋は賢い。ユーリイだって賢い。

あんな、例外的な天才たちを相手にして、アイデアの質で戦ってはいけない。奴《やつ》らはアイデアを研ぎ澄ませ、実現可能な形に落とし込む能力に秀《ひい》でている。けれど純粋なアイデアの数であれば、少数の天才を大勢の凡人が上回る。

どれだけ突飛でも良い。実現不可能でも良い。なんでもかんでも「食べ物が足りないとき、それを解決する能力」を、できる限りたくさん。トーマは急速に増えたチームメイトたちからアイデアを募り、それを長いリストにした。そして、そのリストから能力の傾向を割り出して、「バッティングのために獲得を宣言する能力」を決めた。

カエルが愚痴っぽく続ける。

「でもね、その他能力《オリジナル》のルールなんて、そんなにしっかり決まっているわけでもないんですよ、本当は。架見崎でいろんな発想だとか、いろんな感情だとかが生まれるように、不確定要素として組み込んでいるだけなんですから」

「なら狙い通りでしょ。うちも、ずいぶん色々と考えたよ」

まずは、純粋に食べ物を作り出す能力。続いて、対象を食べ物に変える能力——たとえば石ころをチョコレートに変えるとか、そういう風な。さらに、本来は食べられないものを食べられるようにする能力。こちらは二通りの考え方があり、「テーブルを食べられるテーブルに変える」のか、「人間の方がテーブルを食べられるように変化する」のかで別の能力になるはずだ。

能力のバッティングに関するルールは、深掘りするとややこしい。かなり似通っていても獲得が可能な場合も、ずいぶん違うようでも獲得ができない場合もある。けれど、おそらく「低確率でも、まったく同じ結果が発生し得る能力」は類似だと判断される。つまり「チョコレートを生み出す能力」と「キャンディーを生み出す能力」は別物だが、「お菓子をランダムで生み出す能力」はその両方とバッティングする。この推測を元に、できる限り漏れなくバッティングを狙える能力の獲得方法を考えた。

さらにトーマは、実に様々な能力の獲得を仲間たちに指示した。

民家に残されたわずかな食料を発見する能力。小人化することで、ほんの少しの食料でお腹がいっぱいになる能力。反対に食べ物を巨大化させる能力。対象のプレイヤーの、エネルギーの消費速度を遅くする能力。対象のプレイヤーに栄養価を与える能力。まったく空腹を感じなくなる能力。あるいは空腹が不快ではなくなる能力。植物を急速に育てる能力。より大胆なものでは、時間の流れを早くする能力。あるいはループまでの時間を短くする能力——たとえば、八月を一週間にしてしまうような能力。

これら「平穏に取らせたくない能力」のリストには、かなりの自信を持っている。今となっては架見崎でもっとも人数が多いチームが、全員でアイデアを出し合って作ったリストなのだから、簡単には穴がみつからないはずだ。

カエルが言った。

「彼らを、どこまで苦しめるつもりなんですか？」

決まっている。そんなの。

「できる限りだよ。もちろん」

「へえ。貴女らしくもない」

「そうかな？」

「戦場に出てさえいない人たちに対しての攻撃というのはね。やっぱり、イメージとは違います」

「そう。君がそう言うなら、きっと香屋のイメージにもなかっただろうね」

なら、別にそれで良い。

トーマ自身の美学みたいなものに反する戦いだったとしても、別に。

カエルが続ける。

「目的は、世創部が平穏の人員をかき集めることですよね？」

「まあ、そうかな。大枠では」

トーマの考えは一貫している。

どこまでも、世創部の人数を増やすこと。ポイントよりも領土よりも、ただひたすらに人が欲しい。

「人員を集めるのには、どんな意図が？」

「私の頭の中なんて、簡単に覗けるんじゃないの？」

「できる、できないと、やる、やらないは別の話ですよ。でも貴女に関していえば、やらないというよりはできません。アポリア内で生まれた皆さんとは違い、外からきたゲストには多少の配慮がありますから」

「ああ。そっか」

こんな形でも、トーマは香屋と同じにはなれない。

それは――別に、なんでもないことだけど――それでもほんの少し寂しい。

「私の狙いは、いくつかあるよ。でも、ごく簡単に言うと」

「はい」

「気にならない？　香屋が、自分ひとりの命と他の九九九人の命を比べたとき、どちらにより高い値段をつけるのか」

これは、あくまで比喩だ。

けれど、つまり、トーマがしようとしているのはそういうことだ。

香屋歩にとって――冬間美咲《とうまみさき》の理想にとって、答えようのない問いを出題する。そのためには強い個人よりも、ただ命の数が意味を持つだろう。

「香屋歩が完成するのはたぶん、あいつが私の理想を超えたときなんだよ」

トーマがそう告げると、カエルは呆《あき》れた風に笑った気がした。

＊

香屋歩は考える。

――トーマが本気なら、能力の獲得で食料難は解決できない。

もっと言うなら、するべきではない。

トーマはすでに極めて優秀なリストを作り上げていて、こちらにはまともな能力を取らせないだろう。強引に能力で食料難を解決するなら、非常に突飛な発想が必要になる。そして「突飛な発想で食料難を解決する能力」は、非人道的な内容に傾きやすい。けれど平穏は、非人道的な手段を使えない。聖女リリィのやり方ではないからだ。

考えて、考えて、考えて。香屋はけっきょく、自身の思考を捨てた。

つまり「世創部の誰も思いつかない能力で食料難を解決しよう」という方針自体を取り下げて、まったく別の道に進むことにした。トーマが用意したルールで戦うなら、彼女が有利なのは当然だ。なら、ルールそのものを変えてしまった方が良い。

パイプ椅子に座った香屋は、カエルに尋ねる。

「ヘビは、貴方《あなた》の敵ですか？」

カエルは不機嫌そうに、長机で頰杖をついている。

「答えはご存じでしょう」

「知りません。たぶん、まともには答えてもらえないんだろうなとは思います」

「違いますよ。まともに答えるしかない、が正しい。私もヘビも役割は同じ、生命のイドラ発見を目的とするＡＩです。なら、敵ということはあり得ない。言ってみれば同僚で、私たちのあいだの優劣は、まったく重要ではない」

「本当に？」

「というと？」

「本当にヘビは、生命のイドラを探していますか？」

香屋の質問に、カエルは答えなかった。

ただ、ほんの小さな、鼻で笑うような声を出した。

それから首を振って話を進める。

「別のプレイヤーたちが、このマンションの一室で、私たちを相手にどんな話をしているのかご存じですか？」

「おおよその想像はつきます」

シモンを中心とした平穏な国の中枢《ちゅうすう》は、トーマが仕掛けた戦いに乗っている。つまり、「世創部も思いつかない能力」で食料難を解決しようとしている。

「ウズベキスタン料理のリストの読み上げを長々と聞かされることになるなんて、思ってもみませんでしたよ」

「けっこう楽しそうじゃないですか」

「まさか。仮想空間に生まれたＡＩが料理の話をして、盛り上がるわけがないでしょう」

それは、こちらに向けた皮肉だったのかもしれない。けれど香屋の耳には、彼の自嘲《じちょう》のように聞こえた。

カエルは背筋を伸ばし、まっすぐにこちらをみつめる。

「さあ、手早く、貴方の能力の処理を終わらせましょう。五つの質問候補は、すでにお決まりですね？」

香屋は頷きながらも、内心ではまだ少し迷っていた。

――本当に、これで良いのか？

思考が足りていないんじゃないか。もっと他に、訊《き》くべきことがあるんじゃないか。もしもひとつでも香屋が推測を外していたなら、今回の質問はすべて無意味になる。

けれど、香屋は自身の端末で、決定のボタンを押す。

香屋が唯一《ゆいいつ》持つ能力、「キュー・アンド・エー」の効果。五つの質問候補が、カエルの手元にある五枚の金属製のカードに送られる。

カエルはそれを確認し、わずかに顔を上げた。

「本気ですか？」

と、確認をされても困る。

――今、賭《か》けに出なければ、逆転のチャンスはないかもしれない。

ただ怯《おび》えて、足がすくんで動けなくなるのが、いちばん怖い。こちらは弱者で、弱者は走らなければならない。

「ポイントの設定をお願いします」

とだけ、香屋は答えた。

カエルが軽く頷いて、指先でカードに触れていく。それから、両側のネコ、フクロウに設定したポイントを確認する。

いつも通りの流れだが、今回は確認の時間が、普段よりもずいぶん長い。三体のあいだで、多少は意見がわかれている様子——彼らが何について話し合っているのかはわからない。声が聞こえるわけでもないから、「ここではないどこか」でその話し合いが行われているのかもしれない。

やがて、カエルが言った。

「オーケイです。貴方に対して少し甘すぎるような気もしますが、まあ、正当な処理ではあるでしょう」

「というか、もっと僕を贔屓《ひいき》してくださいよ」

「ヘビとの戦いだから？　先ほども申し上げた通り、私にとってヘビは敵ではありませんよ」

その発言が、嘘くさい。いつか「キュー・アンド・エー」を使って、カエルに本心を尋ねてみたい。

フクロウが飛び、香屋の元まで五枚のカードを運んだ。ざっと設定された必要ポイントを確認すると、たしかに覚悟していたよりもずいぶん安い。というか、安いどころではなく、一切数字が設定されていない。

こんな内容だ。

・月生には「七月の賞品」がまだ与えられていないのか？　YES／NO　無償
・前記の質問がYESだった場合、その理由は「運営にも賞品をみつけられなかったから」か？　YES／NO　無償
・月生の「賞品」は、それがみつかったなら即座に与えられるか？　YES／NO　無償
・月生の「賞品」となり得る可能性があるものがみつかった場合、即座にそれの検証がされるのか？　YES／NO　無償
・月生に「賞品」が与えられた場合、彼は消えるのか？　YES／NO　無償

珍しく、ネコが口を開く。

「今回の質問はすべて、基本的なルールの確認であり、さらに言うならこちらの落ち度が生んだ疑問です。条件も対価もなく運営が回答すべきものだと判断しました。よって、ポイントは必要としません」

香屋は小さなため息を漏らす。

これは、失敗だ。「キュー・アンド・エー」は別のことに使い、これらはみんな、能力の外でただ質問すれば良かった。

――ちょっと気負い過ぎてたな。

というか、マリオネットたちが三体いることの意味を考えていなかった。カエルはヘビとの戦いにおいて「中立」を守ろうとするが、他のふたり――少なくとも、ネコ――は、できるならヘビに敗北して欲しいと考えているのだろう。なのにふだんはカエルが目立ちすぎているから、そちらに意識を取られていた。

カエル。アポリアそのものとも言える、冬間誠《とうまこと》を再現したＡＩ。けれど彼は、架見崎における最高権力者というわけではない。生身の人間のスタッフが中に入っているはずのネコだって、もちろん発言権を持っている。

――まあ、反省はあとにしよう。

なんにせよ、すべての質問への返答が得られるのだから、それで良い。おそらくネコはこちらに甘い、ということがわかっただけでも充分だ。

「じゃあ、もちろん、全部買います。回答を」

カエルが簡潔に答える。

「五つの質問は、すべてＹＥＳです」

「ああ。――うん。そうですか」

「プレイヤー名・月生にはまだ七月の賞品が与えられておらず、その理由は、現状では運営にも与えようがないものだからです。『賞品』がみつかれば即座にそれが与えられますし、充分に検証すべき『賞品』の可能性がみつかったなら即座にそれを検証します。そして、『賞品』が与えられれば、プレイヤー名・月生は架見崎から消滅します」

カエルの返答は、だいたいが期待通りだ。

最後のひとつだけを除いて。

七月の戦いに勝利した月生は、その賞品として、運営にこう望んだという。

――私に、生きる意味をください。

けれど彼は、それが与えられたとたんに消滅する。生きる意味を得るのと同時に消えてなくなることが決まっている。なんて、馬鹿げた話。

「満足しましたか？」

とカエルが言った。なんだか露悪的な、嘲《あざけ》るような口調で。

香屋はわずかにうつむいて首を振る。

「嫌いだよ。架見崎なんて」

その言葉に意図はなかった。誰かを責めたいわけでもなかった。

ただ、嫌いだ。この状況が。まるで正解がないクイズの答えを求められているような、このゲームの構造が。

カエルが答える。

「当たり前ですよ。架見崎が、非人道的なのは。なぜなら私たちは、ヒトではないのだから」

「――なら」

叫びかけて、香屋は言葉を呑《の》み込む。

――なら、こっちにつけよ。

とカエルに言いたかった。――対ヘビだけではない。お前もフィクションの存在なら、対現実の戦いに乗ってこいよ。

けれど、カエルに、言葉は無意味だ。こちらの考えなんて、みんな筒抜けなんだろうから。言葉になる前の、思考そのものでカエルを動かさなければならない。

冷たい口調でカエルが促す。

「なら、なんですか？」

香屋は、まっすぐにカエルをみつめる。

「もうひとつだけ、確認させてください」

「はい」

「月生さんに『賞品』が与えられた場合、彼は八月の架見崎から消える。――それは、運営が『賞品』を差し出したときですか？　それとも、月生さんが『賞品』を受け取ったときですか？」

カエルは、その質問を想定していたようだった。

「受け取ったときです」

そう、簡潔に答えた。

3

――状況は、ずいぶん悪い。

一二二ループ目の最初の夜、シモンは受け取った資料をみつめて、小さなため息をついた。

集めて、集めて、掻き集めておよそ五二〇〇食。平穏な国は、本来であれば二万食程度の食料があった。実にその四分の三を失ったことになる。

その五二〇〇食に対して、現在の平穏な国の人員はおよそ二〇〇人。素直に割ると、ひとりあたり二六食。三一日を二六食で生きなければならず、月の後半は状況がより厳しくなる見通しだ。生鮮食品の類《たぐい》は腐る前に食べてしまうしかない。

シモンは少なくとも、一万食程度の食料は能力で獲得したいと考えていた。けれど、どれも上手くいかなかった。覚悟していたことだ。ウォーター。あれは、怖《おそ》ろしい。

――通常のチームであれば、まず間違いなく、食料の奪い合いが発生する。

まるでコンビニを巡る戦いを繰り返す、弱小だった頃のように。

足りなければ、奪い取る。すると奪われた方はより足りない。さらに弱い者を探し、暴力が連鎖する。

――もしも、平穏の領土内で能力が使われたなら、すべてが崩壊するだろう。

そうシモンは考える。

自分たちのチーム内であれば、交戦状態でなくても能力が発動する。誰かが食料を奪うために能力を使ったなら、もうその先はない。無秩序な暴力の果てに、この巨大なチームが壊れて崩れる。

——こんなとき、私たちの聖女はどうするだろう？

リリィ。聖女リリィ。そう名づけられた偶像。

シモンは目を閉じて、リリィの振る舞いを想像した。現実の彼女ではない。シモンが彼女に押し付けた、理想としてのリリィ。

「私たちは、まだ終わらんよ」

独りきりそう囁《ささや》く。

「平穏な国は並のチームではない。人はパンのみにて生きるにあらず。神の口から出る、ひとつひとつの言葉によって生きる」

リリィの言葉は、チームを生かす。必ず生かす。うちは、空腹程度で壊れるようなチームではない。

やがて、ノックの音が聞こえた。

続いてドアが開き、アリスという名の検索士《サーチャー》が顔を出す。

「世界平和創造部から、連絡がありました」

「内容は？」

「スプークスと紫の交換の件です」

捕虜の交換——それは、もともとの想定ではスムーズに行われるはずだった。この食料の危機がなければ。

スプークスは優秀な手駒だ。簡単には失えない。だが紫は、ウォーターに対して価値あるカードになるだろう。シモンは答える。

「焦《じ》らしてください。長く、長く」

カードを切るのは、まだ早い。

状況を見極めなければならない。

第三話　やり方はふた通り

1

平穏な国は強いチームだった、と香屋歩《かやあゆむ》は考える。

三大チームのひとつ。ＰＯＲＴに次ぐ、架見崎《かみさき》のナンバー２。香屋が架見崎を訪れたときから、そう説明を受けてきた。

つまりこのチームは裕福だった。多くの弱小チームのように、飢えることはなかった。戦えば勝ち、さらに富み、成長するのが当たり前だった。

――だから、まあ、こういう逆境に弱いのは、仕方がない。

八月五日。平穏な国で、食料危機が始まって五日目。すでにチーム内で、世創部との戦いを望む声が上がっていると聞く。

空腹には即効性がある。たった一日で人は飢える。飢えは苦痛で、その苦痛を取り除くには、戦ってでも食料を奪い取るしかない。しかも戦力だけを比べれば、エデンと合流した平穏は世創部を圧倒している。暴力での解決に思考が傾くのは自然だ。

「どうなると思いますか？」

と秋穂《あきほ》が言った。

変わらず、教会の一室だ。香屋と秋穂は同じソファーに並んで座り、雑談で時間を潰《つぶ》していた。彼女の質問に、香屋は答える。

「平穏は、宣戦布告できない。リリィの言葉は絶対でなければならないから。でも戦わなければ、チーム内の不満がどんどん溜《た》まる。たぶんそろそろ怒りの矛先が部隊リーダーに向く」

残念なことに、香屋もその部隊リーダーのひとりだ。聖騎士と呼ばれる部隊リーダーたちは、基本的には大きな戦力を持つ。戦えば解決する問題で、戦える人たちが戦わないのだから、それはもちろん恨まれる。

「私は？」

秋穂が自分の顔を指す。

「君も同じだよ。語り係は、このチームじゃずいぶん偉いってことになってるから」

「すごく嫌なんですけど」

「わかるよ。僕もとても嫌だ」

けれど、どうしようもない。トーマは平穏な国を内側から破壊する攻撃を仕掛け、それは綺麗《きれい》に成功している。

隣の秋穂が、ちらりとこちらに顔を向ける。

「いっそ、世創部とバトっちゃいますか？」

「本気で言ってる？」

「私だってお腹空《なかす》いてるんですよ。今日なんて、なんかやたら水増しされたポトフみたいなのしか食べてないんです」

「水は攻撃されてないのが救いだね」

「でも、カロリーゼロじゃないですか。価値あります？」

「ないと死ぬでしょう。水だけじゃ足りないだけで」

だからあのアニメのタイトルは「ウォーター&ビスケットの冒険」であり、主人公ウォーターの隣には、ビスケットがいた。

——いや。どうでも良いな、こんなこと。

香屋自身も、すでに腹を空かせている。腹が減ると思考が鈍る。ガソリンがなければ車は走らないし、エネルギーがなければ脳は動かない。ごくシンプルなルールだ。

香屋は続ける。

「シモンは今日も、馬鹿《ばか》げた会議を続けている。どうせ誰かが恨まれるんなら、その誰かをこっちで選んじゃおうって話だよ。ユーリイが、大量の食料を抱え込んでいるって噂《うわさ》を流してはどうかなんてことを真顔で話し合ってるんだ。どうかしている」

「まあ、説得力はありますよ。ユーリイが、私たちと同じように腹ぺこだとは思えないですから」

「だとして、チーム内に敵を作っても良いことはないでしょ」

ユーリイはすでに、自身が所属するチームの名前を「平穏な国第八部隊」に変更している。これで、名目上はエデンというチームが消えてなくなった。

ユーリイはもちろん、平穏の一般市民から怖《おそ》れられ、嫌われているが、意外に支持する声も大きい。今のところ、彼だけがはっきりと「世創部との戦い」を主張しているからだ。飢えが苦しければ苦しいほど、ユーリイは人気者になるだろう。それもあってシモンは、ユーリイを「食料を独り占めする悪者」に仕立て上げることで、チームの人々の敵意を彼に向けようなんてことを考えた。

――とはいえ。どんな噂話が広まろうが、誰も正面からユーリイにケンカを売りはしないだろう。

そんな怖いことできるわけがない、と考えたときに、ノックの音が聞こえた。

「はい」

返事をすると、ドアが開いて月生《げっしょう》が現れる。

「お待たせいたしました」

彼の言葉に、香屋は形式的に答える。

「いえ。まったく」

でも、たしかに待ったは待った。秋穂との話は、月生が訪れるまでの時間潰しでしかない。

「こちらが、頼まれていたものです」

月生が向かいのソファーに座り、A3サイズほどの大きな紙を差し出す。架見崎の地図に、月生が細かな書き込みを加えたものだ。

香屋はその地図を手に取って、尋ねる。

「これ、どれくらい正確ですか？」

「どうでしょうね。もう一〇年も前の記憶ですから」

香屋が求めているのは、「七月の架見崎」の状況だ。そこで月生に頼んで、今現在――八月の架見崎の地図に相違点を書き込んでもらった。

それをみれば、明らかだ。七月の架見崎は、八月よりも建物が多い。正確には「まだ壊れていない建物」が。

――ずっと、不思議だったんだ。

架見崎は多くの建物が壊れている。ループすれば、建物の破壊も元に戻るはずなのに、どうして？　けれど「架見崎は一月からゲームが続いている」と仮定すると、ひとつの推測が生まれた。

架見崎は一月から始まり、ゲームに決着がつくと次の月に移行する。つまり勝者が生まれたときだけは時間がループせず、翌月へと繫《つな》がる。言い換えると、各月の「最終ループ」で発生した被害だけは、その次の月に持ち越されるのではないか？

地図をみつめて、香屋はつぶやく。

「今、平穏がある土地に、スーパーがもう一軒ある」

「はい。まずまず規模の大きいものが」

跡地は今も残っている。大破し、まともな物資がみつからないが、七月の架見崎では重要な食料の供給源だったと月生の記載にある。

香屋は地図から顔を上げる。

「これが壊れていなければ、食料難はずいぶん改善されますね」

「でしょうね」

「貴方《あなた》が七月に戻れば、スーパーを守れますか？」

「さあ。おそらく可能だろうとは思いますよ」

「では、それを目指しましょう」

きっとトーマもユーリイも知らない、香屋歩のカード。

保留された「七月の架見崎の賞品」というジョーカー。

――私に、生きる意味をください。

月生のその願いに答えを出せば、カエルは――アポリアは即座にそれを差し出す。

なら、もしも月生の「生きる意味」が七月にあったなら、どうなる？　たとえば「七月で救えなかった恋人を救う」という風なことが、月生の生きる意味だったなら。カエルは即座に、月生に「七月の架見崎」を与えなければならない。おそらく八月の架見崎を停止して、七月の架見崎を再起動することになる。つまり、月生は彼自身の「生きる意味」を理由にすれば、疑似的にタイムトラベルができる。

香屋は早々に、食料難をトーマが用意したルールで解決することを諦《あきら》めた。

つまり、「能力の獲得合戦」で食料を生み出すことを、諦めた。

代わりに思いついたのが、これだ。月生を七月に送り込めたなら、架見崎の過去を変えられる。すると壊れたスーパーが元に戻り、新たな食料が現れる――かもしれない。

香屋は、月生をみつめて告げる。

「では、貴方の生きる意味をみつけましょう。僕たちの空腹を満たすために」

口にして、ひどい言葉だと気づいた。

けれど月生の方は気にした様子もなく、「ええ。できるものなら」と微笑《ほほえ》んだ。

＊

聖騎士のひとり、エヴィンは考える。

――シモンでは、頼りにならない。

彼は理想を追いすぎる悪癖がある。聖女リリィという理想を。

だから仕方なく、エヴィンはある聖騎士の元を訪ねた。

その、雪彦《ゆきひこ》という名の変わり者は、なぜか壁が半分崩れた民家で生活している。だからエヴィンは道端に立ったまま、室内にいる彼と向かい合うことができた。

「食料庫の件、どう思う？」

そう尋ねても、雪彦は表情を変えない。そもそも表情というものがほとんど存在しないような男だ。彼は大胆に崩れた壁の向こうの、畳敷きの部屋で片膝《かたひざ》を抱えて座り込んだまま、目を細めて確認する。

「つまり、見張りのことか？」

「ああ。他になにがあるっていうんだ」

「シモンの考えには無理がある」

「よかったよ。私も同じ意見だ」

雪彦は、変人ではあるが、思考はまともだ。

平穏な国に残された食料は、一か所に集めてまいにち人々に配給する形を取っている。その配給を容易にするため、人員と食料の大半をメインチームに集めた。そして食料を納めた建物が、自然と「食料庫」と呼ばれ始めた。

エヴィンは当然、食料庫には見張りを立てるものだと考えていた。

けれどシモンは、見張りを置かないことを強固に主張した。「見張りを置けば、仲間を疑うことになる。聖女は決して仲間を疑わない」というのが、シモンの考えだ。

まあ、言いたいことはわかる。けれど現実的ではない。

腹が減っていて、そこに食べ物がある。

なら、誰だってその食べ物に手を出したいと考える。ほんの出来心で盗みが発生し、それがみつかればリンチが起こる。そちらの方がよほど「聖女のチーム」には似合わない。

　エヴィンは民家の崩れた壁を乗り越え、その壁に腰を下ろして続けた。

「自転車に鍵《かぎ》をかけるようなものだ。秩序を守るためには、最低限の自衛が必要だ。今の平穏では、食料庫に見張りを立てる必要がある」

「それで？」

「聖女様が指示を出せないなら、仕方がないだろ。私たちが自主的に、あそこを見張るしかない。けれどひとりでずっとは無理がある。できれば交代制にしたい」

「オレにも見張れというのか？」

「私と君と、それからホロロ。三人で交代制を提案したい」

「貴女《あなた》は、オレに指示を出せる立場じゃない」

　エヴィンはため息をつく。――雪彦は、基本的な思考はまともだが、明らかな変人だ。自身の考えを排し、命令系統を絶対視することを美徳としているのだろう。

　それでも辛抱強く、エヴィンは説得を試みる。

「指示じゃない。頼んでんだよ。仲間だろう？」

「オレは、仲間という言葉は使わない。同じ組織の一員だ」

「なんでも良いから手を貸してくれ」

「できない。オレである必然性がない」

「うちじゃ君がいちばん強い」

「いちばんである必要がない」

「わかってくれよ。消去法で、他に頼れる奴《やつ》がいないんだ」

「ワタツミは？」

「あいつはぬるいよ。半分はシモンの考えに賛同している」

半分は、みたいな言葉が出てくる辺りがぬるい。思想が中途半端《はんぱ》でいけない。

こんな言葉は、雪彦には無意味だ――そう考えながら、エヴィンは続ける。

「なあ、考えてみてくれよ。聖騎士でまともなのは、私とホロロくらいしかいないんだ。君がこちらに入ってくれなきゃパンクする」

「リリィの言葉であれば、それに従う。あるいは、チームの総意であれば」

話にならない。

「わかったよ。見張りの件は、まあいい。けれど、もうひとつ」

「なんだ？」

「新たな第八部隊――つまり、ユーリイが食料を隠している疑惑がある。よって調査することになった」

雪彦は、やはり表情を変えない。

頷《うなず》きもせず、冷たい目でこちらをみつめたまま言った。

「誰からの指示だ？」

「元はシモン。でも、これからリリィに許可を取る」

「なら、話はそれからだ」

「リリィが許可すれば、君はユーリィとでも戦うのか？」

「オレは、オレの役目に従う。相手は関係ない」

「よかったよ。ま、いきなりドンパチって話じゃない。近々一緒に、あの王様に挨拶《あいさつ》に行こう」

ユーリィの元から食料がみつかれば、とりあえず状況は変わる。

一〇〇〇食程度で充分だ。多少でも聖騎士の働きで食料難が改善したなら、このチームは秩序を取り戻すだろう。それが、一時的なものだったとしても。

問題は、相手がユーリィだということだった。

エヴィンにとっても、やはりあの男は怖ろしい。独りきりでは、ユーリィの元を訪ねようという気にはならない。

＊

月生の話をまとめると、こうなる。

七月の架見崎に、「ウィンピーメア」という名前のチームがあった。優秀なリーダーに指揮された、メインチームの他に六つの部隊を持つ大チームだった。その部隊のうちのひとつでリーダーをしていたのが、月生だ。

ウィンピーメアは激しい戦いの末に他のすべてのチームを討ち倒した。そして、間もなくウィンピーメア自体も崩壊した。あとはすべての部隊がメインチームに統合されればゲーム終了、というところで、仲間の手でリーダーが殺されたのだ。

月生の部隊を除く五つの部隊のうち、実に四チームがメインチームを裏切った。残る一チームの考えはわからない。早々に、裏切り者のひとりに部隊リーダーが殺され、消滅してしまったから。

――架見崎では、必然的に第二ラウンドが発生します。

と月生は表現した。

――最後に残ったチームの内紛。これはおそらく、チームを部隊にわけていたなら、避けられないことです。

彼の口調は、とくに悲しそうでもなかった。でも眠たい午後の授業で教科書を読み上げるのに似ていて、なんだか疲れているようだった。

月生の話では、彼はその時点で、ほとんど生きる意味を失っていたそうだ。

なぜならウィンピーメアはそれまで、一貫して雰囲気の良いチームで、本来のリーダーは素晴らしい人だったから。月生は本当に、部隊リーダーたちが裏切るなんて、微塵《みじん》も想像していなかったのだという。もちろん理屈ではその可能性に思い当たっていたけれど、それでも、まさか自分たちのチームで。

月生はかつての――それも、ほんの少し前までの――仲間たちと戦いたくなかった。抵抗もせず殺されてかまわなかった。

けれど、月生は生き延びた。彼のチームにいたひとりの女性——ウラルが命がけで月生を守ったからだ。

その最期《さいご》に、ウラルは言った。

「貴方は、生きて」

それだけで、月生は死ねなくなった。

戦って、戦って、以前の仲間たちを殺して。

月生は最後まで生き残った。そして、運営から問いかけられた。

「おめでとうございます。貴方は、架見崎の勝者になりました。約束通り、好きなものをなんでもひとつ。貴方が宣言したものを、賞品として差し上げます」

けれど、月生には欲しいものがなかった。

本当は死んでしまうつもりだったのに、その自由さえウラルに奪われた。

——ウラル。貴女が、生きろと言うのなら。

「私に、生きる意味をください」

月生はそう願った。

これが、七月の架見崎の終わりの物語だ。

話を聞いた香屋は、きゅっと眉《まゆ》を寄せる。

まったく理解できなくて、なんだか気分が悪い。

「ならもう、生きる意味はわかりきってるんじゃないですか？」

そう口にすると、隣に座った秋穂がこちらをみた。

「え。なんですか？」

香屋も秋穂に顔を向けて続ける。

「だから、ウラルって人の言葉でしょ？　月生さんは、ウラルさんに『貴方は生きて』って言われたから、生きていることになる」

香屋にとっては小学一年生で習う算数くらい明瞭《めいりょう》なことなのに、秋穂は呆《あき》れた風に息を吐き出した。

「そういう話じゃないでしょ」

「どこが？」

「あまりに軽すぎるっていうか。その短い言葉じゃ足りないから、月生さんは生きる意味を賞品に選んだわけでしょ」

「でも、生きてるじゃん。今」

実際に、月生は死ななかった。

だから傍目には――あるいは月生自身にも――ウラルの言葉がどれだけちっぽけにみえたとしても、そのちっぽけなもので、生きる意味なんて充分だって話ではないのか。

――だいたい、設問がおかしいんだよな。

もう月生が死んじゃっているんならわかるけど、まだ生きているんだから、なんらかの生きる意味をすでに持っているはずだ。そうでなければ因果関係が成立しない。

けれど、秋穂は納得しない。

「貴方は根本的に、生きる意欲ありすぎなんですよ」

「そう？　でも、みんな生きてるでしょ？」

「ううん。なんか、言いたいことはあるんだけど上手《うま》く言葉にならなくて、もやっとしますね」

秋穂は八つ当たりのように月生の方を睨《にら》み、「なんか言ってくださいよ」とぼやく。

月生の方も、少し困っているようだった。

「死ぬ理由がなければ、人は死なないものなのかもしれませんね。生きる理由の方もなかったとしても」

なんだか他人事《ひとごと》のような彼の言葉は、けれど香屋の考えとも一致する。

本質的に、生きる意味なんてもの、考えるまでもない。生きられるから、生きているんだ。どうしてそれだけではいけないのだろう。

秋穂が言った。

「なんにせよ香屋のプランでは、月生さんの『生きる意味』が七月をやり直すことでみつからないといけないんですよね？」

「うん。アポリアに、そう信じさせないといけない」

だから、困っている。香屋自身は生きる意味なんてものを重視していないのに、それでもそのことについて考えなければならないから。

月生が軽く首を振る。

「私は、今でも七月のことを考えますよ。――どうして彼らは、裏切ったんだろう？　私がもっと注意深ければ、あんなことにはならなかったのではないか。そう思い返すことがよくあります」

つまり、後悔。

それも、不確かな「生きる意味」というやつに繋がりそうな言葉ではある。

「じゃあ月生さんは、七月をやり直せるなら、やり直したいですか？」

香屋が尋ねると、彼は苦しそうに顔をしかめる。

「それが、わからないんです」

「貴方のことなのに？」

「はい。悔しいような思いはあります。けれど――」

月生が言葉を詰まらせる。

そのあいだに、香屋は考える。

――自分のことなのに、わからない。

生きる意味。あなたがなぜ、今もまだ生きているのか。根本の願望みたいなもの。それを自覚する方法。

ようやく、月生が言った。

「諦めというのが、いちばん近い。私は、自分自身の生に価値があると信じることを、諦めているのでしょう」

それは違う、と香屋は考える。

そんなはずがない。なぜなら——どうして？

上手く、言葉にならない。けれど。

「そんなはずがない」

声に出して、香屋はそう言った。

2

平穏な国から、人が消えた。——通りを歩くエヴィンは、そう感じていた。

このループが始まって、九日目のことだ。

今のところ、離脱者は出ていない。平穏を抜けて世創部に入った人員はゼロで、つまり人口は変化していない。なのに、誰の姿もみかけない。みんな部屋に閉じこもっている。お腹が空いているから。

エヴィン自身も、もちろん空腹だ。それは、想像以上にきついことだった。

一日一食程度で、たまには食べられない日もある。——これが、現在の平穏な国の食料配布の状況だ。もちろんこの食料難で、平穏な国は大きな打撃を受けるだろう。そうわかっていた。けれど、エヴィン自身にとっては大きな問題ではないような気がしていた。もともと食が細い方で、あまり食べることに興味もなかったから。

でも実際に体験すると、ずいぶんつらい。慢性的にエネルギーが足りず、常に腹が減っている。

はじめは、その苦痛は想像の範囲に収まっていた。身体《からだ》が慣れたのか、初日や二日目よりも、三日目の方が楽なくらいだった。けれど五、六日経《た》ったころから、精神的な苦痛がひと息に増えたように感じる。

二食抜かなければならないことより、一食の量が少ないことがつらいのだ。一日に一度だけの貴重な食事で、満腹になれない。食べ終えてもまだ腹が減っている。するとやがて、感情の大半が、空腹からくる苛立《いらだ》ちに置き換わる。餓死はしないが、その手前で生かされているような感覚——ずっと拷問《ごうもん》を受けているようなものだ。

エヴィンは大した期待もなく、隣を歩く雪彦に尋ねる。

「君でも、食えないことはつらいのか？」

「オレは問題ない」

「精神力ってやつか？」

「元から、それほど食べていない」

「にしても、限度があるだろ」

とはいえたしかに、雪彦の様子は以前となにもかわらない。勝手なイメージだが、節制が生き甲斐《がい》のような男だ。

なんにせよ大半の部隊から、食料の配給状況の改善に関する要求が出ている。雪彦の部隊からだって。彼自身に問題がなくても、部下たちはそうではない。

例外の部隊は、ただひとつだけだった。

第八部隊。つまり、ユーリイの部隊。

彼だけは不気味に沈黙を守っている。だから、誰もがこう考えている。

――きっとユーリイは、食料を隠し持っているんだろう。

なんの証拠もない話だが、エヴィンだって、たぶんそうなのだろうと思う。なんといっても彼は、あのユーリイなのだから、空腹でのたうち回っているわけがない。――そう考えて、「いけないいな」とエヴィンは自戒する。

空腹で、思考が感情的になっている。敵を作ることで気を紛らわせ、平穏のどこかに食料があるんじゃないかという楽観的な空想にすがっている。

おそらくこのチームの大半が、似たような状況だろう。空腹は理性を蝕《むしば》む。今、平穏な国は冷静ではない。


平穏な国第八部隊は、架見崎駅からやや東に外れた位置にある。

落ち着いた高級住宅街で、家のひとつひとつが大きい。だが、この土地にはスーパーもコンビニもない。まともに食材が出る施設はただ一軒のイタリアンレストランだけで、

「広い家に住みたい」という願望でもなければ、とくに価値がない地域だとされてきた。

ユーリィは、中でもとりわけ大きな一軒——現代的な美術館のような、特徴的な外観の家を根城にしているそうだ。その家は、一面の壁がすべてガラス張りになっており、エヴィンであれば決して暮らしたいとは思わない。

玄関のチャイムは、ずいぶん間延びして聞こえた。そもそも「ユーリィの家を訪ねてチャイムを押す」というシチュエーション自体、なんだか馬鹿げている。

間もなくドアが開き、ラフなスウェットシャツ——それは濃紺色で、左胸に赤いハートマークが入っている——を着たユーリィが現れた。なにもかもが冗談のような男だ。

「やあ、いらっしゃい。遊びに来てくれたのかな？」

気味が悪いほど朗らかな笑みでそう迎えられて、エヴィンは顔をしかめる。

「その通りだよ。リリィからの指示だ。聖騎士同士、親睦《しんぼく》を深めておくようにってな」

「なるほど。わざわざ先輩方に足を運んでもらってすまないね」

どうぞ、と彼が中に招き入れる。

エヴィンは仕方なく——こちらから訪ねておいて仕方なくというのも奇妙だが、ともかくそんな心境で——雪彦と共にユーリィの後ろに続く。

「良い生活をしているな」

「家だけだよ。今回の食料難には、僕も困っている。せっかく広い庭があるんだから、バーベキューにでも誘えればよかったのだけど」

「君でもできないのか？」

バーベキュー。

誘われればもちろん断るが、あのユーリイが「バーベキューもできない生活」をしているとは思えない。

窓からの陽射《ひざ》しで目障《めざわ》りなほどに明るい廊下を進みながら、ユーリイが答える。

「聖騎士であれば知っているでしょう？　うちも他の部隊と変わらないよ。すべての食材を平穏のメインチームに差し出し、食料の配給を受けている。二七人いるのに、ひと月を七〇〇食で乗り切らなければならない」

「そのわりには、余裕があるようにみえるよ」

「どうかな。まあ、たまの客人に美味《うま》い紅茶とクッキーくらいは出せる」

廊下の奥のドアを開けると、先は広いリビングだ。この家は電気が生きているようで、コンポーネントステレオからモダンジャズが流れていた。ユーリイに勧められるまま、エヴィンと雪彦はテーブルに着く。

ユーリイが言った。

「ちょうど良かった。君たちが来てくれて。相談があるんだ」

彼が話しているあいだに、部屋の奥――キッチンの方から、ひとりの女性が現れる。なにか公共団体が作った、生真面目《きまじめ》なポスターから抜け出してきたような、律儀《りちぎ》にスーツを着た女性だ。タリホー。エヴィンも、その名前くらいは知っている。

タリホーがテーブルに、三人ぶんの紅茶を並べる。そのあいだにユーリイが続けた。

「紫《むらさき》を殺さないのかい？」

その言葉に、驚いたわけじゃない。とはいえこの家や、音楽や、紅茶や、落ち着いたユーリイの表情とは、大きなギャップがある言葉だったことはたしかだ。

「なぜ殺す？」

とエヴィンは尋ねる。

愚かな質問だねと、ユーリイの瞳《ひとみ》が言っているような気がした。けれど彼は、口では丁寧に答える。

「紫が死ねば、世界平和創造部はうちに宣戦布告せざるを得なくなる。笑って済ませられることではないからね。そして、戦いになれば僕たちは負けない」

「君はまるで、平穏の一員になったように話すな」

「知っているだろう？　僕はもう、八日も前から君たちのチームメイトだ」

エヴィンは小さな舌打ちを漏らす。何に対して、というわけでもないが、なにかに苛立っていた。

「なら覚えておけよ、新人。うちは無抵抗な人間を殺さない。平穏な国とはリリィのチームで、リリィは心優しい聖女だからだ」

ユーリイが、楽しそうに笑う。

「でもね、先輩。その聖女のチームだって、兵力を持っている。戦うための能力を獲得しているなら、その神聖なものからも血の臭《にお》いがする」

「自衛は必要だろう？　この架見崎では」

「まさか平穏な国の、これまですべての戦いが、自衛だったというのかい？」

「リリィの意思で戦ったことはない」

「今回も同じだ。君たちが勝手に、紫を殺せばいい。事後処理が面倒なら、自害したことにすればいい」

「誰も信じないよ」

「世創部は信じないだろうね。だから、戦わざるを得ない。けれどこのチームで暮らす人たちは信じる。なぜなら彼らにとって、それは信じたい話だからだ」

　エヴィンは顔をしかめる。――おそらく、ユーリイの言う通りだろう。

　食料が足りない平穏では、日ごとに世創部との戦いを望む声が高まっている。誰もがあのチームを恨み、あのチームから食料を取り返してほしいと考えている。

　紫が死ねば、世創部との戦いの火種になるだろう。平穏の人々はそれを歓迎し、けれど自分たちを悪者にはしたくないだろう。事実は重要ではない。自分たちにとって、紫は自害したことにしてしまった方が好都合なら、その見え透いた嘘《うそ》を信じる。

「なあ、ユーリイ。なぜ君は戦いたがる？」

「今戦えば、一方的にこちらが有利だからだよ。交戦を避ける理由がない」

「あるよ。私たちは君を信頼していない」

当たり前だ。この男に、リリィに従う理由はない。内側にユーリイを抱え込んだまま、世創部とは戦えない。

会話のあいだに、タリホーは一度キッチンに戻り、皿に載せたクッキーを手にリビングに戻っていた。テーブルに置かれたその皿に、思わず手を伸ばしそうになり、エヴィンは苦笑する。ユーリイに出された飲食物を口にするなんてまともじゃない。どれだけ腹が減っていたとしても。

呆れた風に、ユーリイが首を振る。

「僕は今回、ずいぶん多くのものを平穏な国に差し出した。エデンの領土の大半と引き換えに獲得した月生。この領土に残った数少ない食材のすべて。それから、五〇万ものポイント。それでもまだ、信頼されない」

「当たり前だ。君は、ユーリイなんだから」

「悲しくなるよ。この架見崎でだって、それほどひどいことをしたわけじゃないのに」

そう言ったユーリイは、さも冗談だという風に笑っていた。

けれど、もしも彼の言葉が本心だったらどうだろう？　そんな、無意味なことを、エヴィンは想像した。ユーリイの心境なんてものがわかるわけもないが、もしこの男が「信頼を得られないことを悲しむ」なんて真っ当な人間の心を持っていたとしたら。

ともかく――エヴィンは話を戻す。

「この何ループかで、架見崎の状況が変わりすぎた。正直なところ、うちはその変化についていけていない。だから今すぐウォーターと戦うわけにはいかない」

　ユーリイが、紅茶に口をつける。

「時間をかけて、なにをするの？」

「考えをまとめるさ。方針を決めて、作戦を詰めて――当たり前だろう？」

「どうかな。僕はそこに、時間をかけたことがないから」

「考えなくてもすべきことがわかってるっていうのか？」

「まったく考えないわけじゃない。でも、そうだね。長くても、五分か一〇分」

「だから君は信頼されないんだ」

　あまりに速く、先に行き過ぎるから。

　それはユーリイの弱点だ。もし彼が本当に完璧《かんぺき》だったなら、もう少し上手く凡人のふりをするだろう。共に悩み、共に苦しむ姿を、演技でも周囲にみせるだろう。

　思えば、その点ではウォーターの方が完璧に近い。彼女は――エヴィンの好みではないが――天才と凡人とをひとりで上手く使い分ける。

　ユーリイが言った。

「聖騎士たちの会議には、これからは僕も呼ばれるんだろうね？」

「ルールじゃそうなる。だから、会議自体を開かない」

　今の聖騎士には、信用できないのがふたりもいる。ユーリイ。それから、香屋歩。だから全体会議は無意味で、シモンを中心とした命令系統がこそこそと動いている。

「馬鹿げているね」

ユーリイの言葉に、エヴィンは本心で頷く。

「ああ。本当に」

今の平穏は、チームとしてまともに機能していない。少なくとも傍目からはシンプルな一枚岩にみえる、世創部が羨《うらや》ましい。

また、ユーリイがティーカップを傾ける。

「僕が信用されないのは、まあ仕方がない。けれどこの紅茶は素晴らしいよ。せっかくタリホーが淹《い》れてくれたんだ。口をつけてもらいたいな」

「知るかよ。君の部下にまで配慮できない」

「おしいな」

「うん?」

「エヴィン。僕は君を、まずまず高く評価している。けれどちょっとまとも過ぎる。ウォーターやホミニニであれば、きっと紅茶を飲んでいた」

意味がわからない。なにを評価されているのかもわからない。エヴィンは顔をしかめて「ああん?」と彼を睨む。

その隣で、これまで沈黙を貫いていた雪彦が、本題を切り出した。気の長い雪彦からみても、さすがに雑談が長すぎたのだろう。

「今日、ここを訪ねたのには理由がある。第八部隊には食料隠蔽《いんぺい》の疑惑がある。その調査をしたい」

ユーリイは、この質問を予想していたようだった。

とくに驚いた様子もなく答える。

「第八部隊はメインチームの指示に従っている。すべての食料を提出し、再分配されたものを分け合っている」

エヴィンは、雪彦の質問を引き継いで告げる。

「信用できない。だが、食料隠しは証明が難しい。そこで――」

領土を移動して欲しい、と続けるつもりだった。

彼ら第八部隊を追い出して、この領土をエヴィンの部隊が吸収するよう指示されている。

そうなれば、検索《サーチ》を使って効率的に食料を探せる。

けれど、その前にユーリイが言った。

「僕たちの潔白を証明しよう」

「どうやって？」

ユーリイが席から立ち上がる。テーブルの皿からクッキーを数枚つかみ、「こちらに」と言って歩き出した。

仕方なくエヴィンはその後ろに続く。雪彦は、彼なりの思惑があるのだろう、リビングに残るようだった。

ユーリイは廊下に出て、すぐ右手のドアを開く。六畳ほどの洋室――中は薄暗い。小さな窓がひとつあるきりで、納戸《なんど》として造られた部屋なのかもしれない。

そこに、いくつものケージがあった。横に六つ、縦に四つ。積み重なった、二四個のケージ。ひとつひとつはそれほど大きなものではない。軽く抱えられる程度のサイズだ。ケージの中には、それぞれ一匹ずつハムスターがいる。――いくつかは空かもしれないが、ともかくそれらの大半に。

ユーリイは手にしていたクッキーを砕き、ケージのハムスターたちに与えていく。

「僕たちが食料を隠すことはない。理由は、これだ」

エヴィンは顔をしかめる。

「ハムスターを食うのか？」

ユーリイが、指先についたクッキーの粉をぺろりと舐《な》めた。

「逆算すればいいんだ。ウォーターは平穏な国の食料を奪うことで、このチームが内部から崩壊することを狙《ねら》っている。つまり、聖女リリィという偶像がその神性を失うことを。だからすべての能力獲得を阻《はば》むわけじゃない。リリィが自らを貶《おとし》めるような、傍目には悲惨にみえるような能力は、ウォーターのチェックリストから外れる」

話しながらユーリイは、部屋にただひとつだけある小窓に目を向けた。

そこから射し込む光が、空気中の細かな埃《ほこり》をきらきらと輝かせていた。薄暗がりの中のひと筋の光は、より多くの光の中ではみえないものまで照らす。

先を促すため、エヴィンは尋ねる。

「ケージの中のハムスターたちが、悲惨な能力か？」

「この子はニッケルだ」

ユーリイがまた、クッキーを砕いてケージに入れる。一匹のハムスターが、その小さな欠片《かけら》を両手で抱え、前歯で削るように食っていく。

「あちらは宵晴《よいはる》。そちらはパラミシ。──全員が能力の対象になったわけではないよ。条件を満たさなかったのが、僕の他に四人いた」

それは、つまり。

「君は、仲間を、これにしたのか？」

「今のうちの部隊は、人間が五人とハムスターが二二匹のチームだ。配布ぶんの七〇〇食でも、少し余る計算だね」

エヴィンは、思わず吐き捨てる。

「まともじゃない」

ユーリイは、顔つきだけは優しく微笑んでハムスターをみつめる。

「なぜ？　これで誰も飢えないし、能力を解除すれば元に戻る。効果時間のあいだは人間としての意識も記憶もない。つまり、苦痛も感じない。こんな風にケージをわけておけば、つまらないことで争い、傷つけあうこともない」

──目的を、達成すれば良いというわけじゃないだろう？

そう言いたかったが、言葉にならない。現状の平穏な国と、このケージの中。どちらを幸福と呼べるのか、エヴィンにはわからない。

エヴィンは雑念を振り切るような気持ちで、首を振って答える。

「その能力が、食料を秘匿《ひとく》していないことの証明になるわけじゃない」

ユーリイは、本心から意外そうに首を傾《かし》げる。

「空腹でもないのに食料を隠す理由があるかい？」

「知らないよ。動機みたいなものは、どうでも良い。ともかく君が、この領土を明け渡すように説得しろと言われている」

「だれに？」

「さあな。上だよ、上」

へえ、とつぶやいて、ユーリイは顎《あご》に手を当てる。

わずかに目を細めて、四、五秒のあいだ、なにかを考え込んだようだった。

「ちなみに、僕はこのあと、どこにいくの？」

実のところ、今回の指示は、エヴィンにとってもわけがわからないものだった。

「一時的に、メインチームの一員として組み込む予定だ」

そう答えながら、エヴィン自身が胸の中で首を傾げる。

――ユーリイをメインチームに加えて、どうなる？

リリィがいるメインチームの領土で、制限なくユーリイが能力を使えるようになる。こんなの、こちらにとって不都合なだけではないか。

　ユーリイは、笑って微笑む。

「了解したよ、言う通りにしよう。けれど、この子たちを運ばなければならない。できるだけ大きな車の用意をお願いできるかな？」

　すぐに手配する、とエヴィンは答えた。

3

　語り係の本来の役割は、リリィと言葉を交わすことだ。

　つまり語り係は、このチームで起こっていることを、リリィに伝える義務がある。いちおう体面上は、そういうことになっている。

　この「義務」は、シモンが語り係だった時代には、ずいぶん蔑《ないがし》ろにされてきた。彼は伝えたいことだけをリリィに伝え、ときには平然と嘘をついた。この世界の汚いものをすべて隠そうとする過保護な親のようだった。

　秋穂は、そうではない。できる限りすべてをリリィに伝えようと決めていた。少なくとも、リリィ自身が耳を塞《ふさ》ごうとしない限りは、すべてを。

　でも、その決意が揺らぎつつある。今回のループが始まって、一九日目のことだった。

　もちろんこのループのあいだ、リリィに気持ちの良い報告をできたことなんてない。

　平穏な国では早いうちから、世創部との戦争を望む声が上がり、それは日増しに高まっている。同じ時期に、ユーリイが食料を隠し持っているのではないかとの噂が広まり、聖騎士のうちのふたりが調査に向かった。その結果は空振りだったが、今度はユーリイと聖騎士たちが密約を交わしているのではないかと噂されるようになった。

数少ない食料を納めた「食料庫」に忍び込もうとした者が現れたのは、ちょうど一〇日目のことだった。食料庫はシモンの強い主張で、公的な見張りが立っていない。けれどその泥棒未遂者は、自主的に見張りをしていた、いわゆる「自警団」にみつかり、ひどい暴行を受けた。死んでいてもおかしくない怪我《けが》で、次のループまでベッドを離れられないという。

聖騎士のあいだでは、食料の盗難未遂事件よりも、「自警団」の発生の方が危険視されているのだという。その集団は現在、三つ確認されている。三つの自警団に繋がりはなく、連携が取れていないどころか、互いに敵意を持っている。それぞれに言い分はあるのだろうが、簡単にまとめてしまうと、自分たち以外の人たちが群れて力を持っているのが気に入らないのだろう。

これまで平穏な国とは、内側に争いがないチームだった。けれど今は、そうではない。なにか簡単なきっかけがあれば、人が人に対し、命を奪うほどの暴力を振るうチームになった。多くの人々は自身の住処《すみか》から出ない――これは、もともとは空腹で動く気力もないというのが理由だったが、今となっては別の理由がある。「外にいる」ことが、そのまま行動を疑われる理由になるのだ。

あいつは規律を破り、食料庫に近づこうとしているんじゃないのか。あるいは、他者に配給された食料を奪い取ろうとしているんじゃないのか。こんな風に疑われる方も疑う方も、互いに気が立っている。私刑が発生した一〇日目以降は、ぽつぽつと傷害事件の報告を受けている。おそらく表面化していない事件はより多いだろう。

と、ここまでは、秋穂は自身が知るすべてをリリィに報告した。

気が進まないことではあったけれど、大きな躊躇《ためら》いはなかった。これくらいのことは起こるだろうと、もともとわかってもいた。

けれど、今日。一九日目の夕刻に、ついに死者が出た。

あるふたりの男が揉《も》めて、一方がもう一方を殺してしまった。

午後八時、リリィの部屋に入室すると、ベッドに腰を下ろした彼女がこちらをみつめて首を傾げる。

「なに？」

秋穂は、無理やりに笑って答えた。

「いえ。ずいぶん過激なダイエットだなと思って」

リリィは目にみえて衰弱している。表情が暗く、たった一九日間で顔つきも変わった。不自然に痩《や》せて、なにか重い病気にかかっているようにみえる。

もともとは、リリィにだけは、まいにち三食ぶんの充分な食事が出される予定だった。けれどそれがどれだけ特別な待遇なのか、彼女自身もよく知っている。それで彼女は珍しく激しく怒って、反対に過剰に食事の量を制限し始めた。秋穂もシモンも、リリィが想像以上の意地っ張りで手を焼いている。

「後悔していますか？　ごはんのこと」

そう秋穂は尋ねてみる。

リリィは、ちょっと不機嫌そうに答える。

「してるよ。苦しい」

「今からでも、前言を撤回できますよ」

「いい」

「どうして？」

「わかんない。でも、いい」

この幼い少女は、彼女なりに「平穏な国のリーダー」であろうとしている。空腹に耐えることで、誠実に意地を張っている。それは本当に、とても神聖なものなのだと思う。どれだけ無力でも、どれだけ無価値でも、それでもリリィは清く正しくこのチームの象徴であろうとしている。

「偉いですね。貴女は」

秋穂はリリィに近づいて、その髪をぐしゃぐしゃと撫《な》でた。

リリィは抵抗せず撫でられながらこちらを睨む。

「もう。なに？」

「定例報告に来ました」

でも。この神聖なリリィに、本日起こった殺人事件のことを、いったいどんな風に伝えればいいだろう？

人が人を殺したという話自体、本当はこの子にはしたくないのだ。

加えて、意外なことに、その殺人事件のきっかけは食料ではなかった。もちろん関係はあるのだけど、直接的な原因は違う。

このループが始まって一五日目に、世創部はこんな声明を発表していた。

――平穏な国内にある、アニメDVD「ウォーター＆ビスケットの冒険」をいただきたい。代わりにこちらは、一〇〇〇食ぶんの食料を提供する用意がある。ただし期限は、次回のループである一二三ループの終了時までとする。

つまりトーマも、銀縁《ぎんぶち》からのメッセージを読み解いたのだろう。そして指定された一二四ループ目がはじまるまでに、あのDVDを手に入れることにした。

この件は、小さな火種となり平穏な国内でくすぶっていた。

大方の考えはこうだ。

――ウォーターがおかしなことを言っている。こちらを混乱させるのが目的だろう。まともに取り合ってはいけない。

もしも平穏な国に以前の余裕があったなら、この「大方の考え」通りに、誰もが行動しただろう。けれど、今はそうではない。なんの役にも立たないアニメDVDで食料を得られるというのなら、奇妙な取引にだって飛びつきたくなる。

さて、今回の殺人事件のきっかけは、このDVDだ。

加害者はこう発言している。

――あいつは、ウォーターの肩を持つようなことを言ったんです。それで。

そのとき彼らは、ブランデーで酩酊《めいてい》状態にあったという。現状、平穏な国にはまずまずの量の酒類が残されており、カロリーの摂取を言い訳に、アルコールを痛飲する人たちが増えている。腹ぺこでいらいらしたふたりが、酔った勢いで口論し、やがて手を出し、一方がもう一方を殺してしまった、というのが真相らしい。

同じような問題は、これからもあちこちで起こるだろう。

世創部の話に乗るのは馬鹿《ばか》げているけれど、この食料難の中、わけのわからないアニメDVDを必死に守るのもまた馬鹿げている。秋穂や香屋にしてみれば、あのDVDを世創部に渡すわけにはいかない明白な理由があるけれど、その理由をリリィや他の平穏な国の人たちに伝えるのはひどく骨が折れる。現実とアポリア内世界の関係にまで言及する必要があるからだ。

秋穂が唐突に黙り込んだから、不安を感じたのだろう。リリィがこちらを見上げて、

「なにかあったの?」と尋ねる。

ふっと息を吐いて、秋穂は言った。

「本日の夕刻、チームメンバーのひとりが死亡しました」

リリィが目を見開く。

「お腹《なか》が空《す》いて？」

「餓死ではありません。ちょっと意見が違って、ケンカになったようです」

「ケンカで、人が死ぬの？」

「やりすぎちゃったんですよ。たぶん」

リリィは今のところ、悲しんでいるというよりは、ただ驚いているようだった。まだ事態を上手く呑《の》み込めていないのだろう。

直後に、部屋のドアがノックされた。そのドアの向こうから、リリィの世話係の声が聞こえる。

「秋穂。貴女に客がきています」

その言葉に、「だれ？」と応《こた》えたのは、秋穂ではなかった。リリィが自ら口にした。それは、本来であればルール違反だ。聖女リリィは語り係以外とは言葉を交わさないことになっているから。

秋穂は改めて、ドアの向こうに尋ねる。

「香屋ですか？」

ドアの向こうが「はい」と答えると、再びリリィが言った。

「入ってもらって」

秋穂は小さなため息をつく。

すでに、「リリィは語り係以外とは言葉を交わさない」というルールに無理が生まれているのだ。シモンは彼女を、チームの象徴として扱った。けれど秋穂は、リリィが自らの考えで行動することを優先している。なら、この子から言葉を奪うことはできない。

ドアの向こうの世話係は、まだ戸惑っているようだった。

覚悟を決めて、秋穂は告げる。

「お聞きの通り、リリィの許可が出ています。香屋をここまで案内してください」

リリィの言葉を、なかったことにはしない。

この子はたしかにここにいて、この子がたしかに、平穏な国というチームのリーダーなのだから。

おそらく身体が小さいほど、食料難の影響を受けやすいのだろう。

リリィと同じように、香屋も外見の印象がずいぶん変わっている。頰が瘦せこけ、目だけが妙に大きくみえる。その目は不機嫌そうで、無暗にぎらついている。追い詰められたネズミのように。

入室した香屋は、とくに前置きもなく、言った。

「DVDの件、リリィにどこまで？」

秋穂は顔をしかめて、「まだです」と答える。

今度は香屋は、リリィの方に尋ねた。

「世創部が、あるアニメのＤＶＤと食料を交換すると言っているの、知っていますか？」

戸惑った様子でリリィが頷く。

「ちょっとだけ聞いたよ。よくわからないけど」

「そのＤＶＤをどうするのかで、揉め事が起こりそうなんですよ。というか、実際にもう起こってるんだけど」

夕刻の殺人事件のことを言っているのだろう――秋穂はそう思ったけれど、どうやら違うようだ。香屋が続ける。

「ついさっき、ふたつの『自警団』が衝突しました。一方がＤＶＤを探し出そうとしていたんだけど、もう一方はそれが気に入らなかったみたいです。つまり、チーム全体の許可を取らずに世創部との交渉に応じようって話で」

それは、聞いていない。

秋穂は口を挟む。

「待ってください。それは夕方の、酔っ払いのケンカとは別の話ですか？」

「別は別だけど、繋《つな》がってもいる。そのケンカで死んじゃった方が自警団Ａの一員で、そっちの自警団は世創部との取引に乗り気だった。仲間が死んだから集会が開かれて、みんなであれこれ話しているあいだに頭に血が上って過激になって、ＤＶＤを探して練り歩いてたってことなんだと思う。そこに、世創部との取引に否定的な自警団Ｂが出てきて、そのふたつがぶつかった」

平穏な国はすでに、制御が難しくなっている。

――リリィを信仰していれば、自分たちは「平穏」だ。

こう言い張れなくなったから、チームの基盤が崩れている。こんなにも脆《もろ》く。食料が不足して、一九日間放置されただけで。

秋穂は無理をして明るく尋ねる。

「大変じゃないですか。どれくらいの規模のケンカですか？」

「人数は聞いてない。すぐにユーリイが収めたから、被害はとても小さい」

それはよかった。

もともと香屋は、ユーリイに食料隠蔽の嫌疑をかけることに否定的だった。けれど一方で、「ユーリイたちをメインチームに移し、空っぽになった元エデンの領土で食料を検索《サーチ》する」という方法を提案したのも、香屋だ。

元エデンの領土から食料がみつかることを期待していたわけじゃない。香屋の目的は、ユーリイをメインチームに移動させる方だった。

ユーリイは、とても強力な能力を持っている。広い範囲の人たちを、みんなまとめて洗脳してしまう能力。

香屋は食料難から暴動が起こる可能性を予想していて、それをできるだけ少ない被害で収めるためにユーリイをメインチームに加えることにした。おそらくユーリイの方も、今の段階で完全に平穏な国が壊れてしまうと都合が悪いのだろう。きちんと仕事をしてくれたようだ。言葉を交わすこともなく、こんな風に互いの意図を読み合えるのだから、ふたりの相性はとても良くみえる。

「けっきょく、みんな無事なんだよね？」

そうリリィが確認する。

香屋は軽く頷《うなず》いてみせた。

「無事は無事ですが、本質的にはなんにも解決していません。世創部からの交渉に応じるのか断るのか、答えを出しておかないとまた同じ問題が起こりそうです」

その通りだけど、ことはそう簡単ではない。

もちろんＤＶＤと食料を交換するわけにはいかない。けれど、断わる理由をこのチームの人たちに説明するのはひどく難しい。その難しい説明を、これから始めなければならない。

こう秋穂は考えていたけれど、香屋の言葉は、想像とは違った。

「ＤＶＤを引き渡すと、約束しちゃいましょう。それがいちばん手っ取り早い」

「いいんですか？」

と思わず尋ねる。

一二四ループ目に入ったとき、銀縁からのメッセージが現れるであろうＤＶＤ。あれに誰よりもこだわっているのは、香屋だと思っていた。

けれど香屋は、軽く答える。

「だって仕方ないでしょう。僕が、事情を知らない平穏のメンバーだったなら、ＤＶＤなんてさっさと渡しちゃえって思うよ」

「それはそうかもしれませんが」

「抵抗すれば、損をするばかりだよ。僕たちがごねればごねるだけ、このチームの人たちは自分たちが蔑ろにされているように感じる。みんな、目の前の食料が欲しい」

香屋が言いたいことはわかる。とてもよくわかる。

けれど。秋穂は重ねて尋ねる。

「本当に、いいんですか？」

「いいっていうか――」

香屋は難しい顔で言葉を切り、リリィに向き直る。

「ねぇ、リリィ。貴女《あなた》は、どうしたいですか？」

リリィは、とくに迷いもなく答える。

「それは、アニメよりごはんの方が欲しいよ。当然」

ね？　と香屋は、こちらに目を向けた。

「トーマのやり方は、とても効果的だよ。世創部が食料を奪った時点で、向こうはたいていの交渉を圧倒的に有利に進められるようになった。僕たちがなにを話しても、リリィはきっとＤＶＤを引き渡す方を選ぶ」

その言葉で、秋穂はようやく状況を理解した。

――もしも、リリィに真相をすべて伝えたとしても。

アポリアと現実との関係を説明して、あのＤＶＤの重要性を訴えたとしても、それでもリリィはＤＶＤよりも食料を選ぶだろう。だってリリィは、ごく真っ当な、普通に優しい女の子だから。目の前で、飢えている人たちを放っておけないだろう。

別に、ＤＶＤだけじゃない。ポイントだって、その他のものだって、ごくまともな視点でみれば食料ほどの価値を持たない。ごくまともな、生き物としての視点でみれば。食料を押さえたトーマは、平穏な国に対して圧倒的な交渉カードを手にしている。

香屋が続ける。

「時間が経てば経つほど、このチームでは問題が起こる。どんどん苦しくなって、向こうの言い値で、食料を買わないといけなくなる。どうせいずれ負けるなら、さっさと損切りした方がいい」

さっさと諦《あきら》めるというのは、香屋らしくはあった。普段なら。

けれど今回の件は、銀縁からのメッセージが主眼だ。銀縁とは桜木秀次郎《さくらぎしゅうじろう》であり、桜木秀次郎とは「ウォーター＆ビスケットの冒険」の監督兼脚本家だ。あのアニメに関することで、香屋歩が意地を張らないとは思えない。

「で？」

と、秋穂は尋ねる。

「貴方《あなた》は、どんな悪いことを考えているんですか？」

香屋は空腹でぎらついた目のまま、笑う。

「別に、あっちが用意したルール通りだよ。なんの誤魔化しもない。しっかり一二四ループまでに、本物のＤＶＤを渡す」

「それで？」

「やり方はふた通りだ。僕はいつも、より安全な方を選ぶ」

けれど秋穂には、ひと通りのやり方しか思いつかなかった。

そして、それは、決して安全だとはいえない方法だった。

＊

トーマが平穏な国から連絡を受けたのは、その翌日――二〇日のことだった。

ＤＶＤに関する件で、「期日までにそれを引き渡す」とあちらは言ってきた。「けれど取引の内容に不明な点があるため、ＤＶＤの内容を精査する。よって、次のループ中に、改めて連絡する」。

このメッセージをどう解釈するべきか、トーマは頭を悩ませていた。

ホテルのラウンジで、同席しているニックが言った。

「あっちはまだ、銀縁さんのメッセージを解読していないってことですかね？」

「かもしれない」

とトーマは、口先では答える。

　けれど、胸の中では、そんなわけがないだろうという気がしている。グラスのクリームソーダに口をつけて、続ける。

「でも、楽観するのはやめておこう。あのＤＶＤは、一二四ループ目までは意味を持たない。とっても素敵なアニメを視聴できるだけだ。なら、向こうにはもちろん、一度はＤＶＤを手放すという選択肢がある」

「つまり、ＤＶＤを食料と交換してから、また奪い返すってことですか？」

「うん。大雑把に考えて、やり方はふた通り。力任せに奪い取るか、能力を組み合わせてあれが手元に戻ってくる状況を作るか」

「やれますか？」

「それはやれるでしょう。その他能力《オリジナル》は、なんでもありだ。今、平穏に都合が良い能力がなくても、次のループで必要な能力を獲得すればいい」

　ニックはアイスコーヒーのグラスを手にため息をつく。

「じゃあ、また獲得能力潰《つぶ》しですか」

「それも考える。交渉の仕方も工夫する」

　たとえばこちらから出す食料を分割して、一〇〇食ずつ一〇日かけて渡す形にする。そして、途中でＤＶＤを取り返されたら食料の譲渡を取りやめるという風なルールにしておけば、ある程度は縛れるはずだ。条件の変更をあちらがしぶれば、食料の増量で対応しても良い。

トーマはクリームソーダに浮かんだサクランボをつまみあげて、続ける。

「それから、領土ではない土地が欲しい」

「対月生戦で、ユーリイがやった奴《やつ》ですか？」

「うん。あれ」

ユーリイは、当時PORTの領土だった土地の中に、ふいに「どのチームの領土でもない土地」を作り出した。

彼のやり方は、ずいぶん過激だ。小さな領土のチームリーダーを罪人にして、その罪人を、ルール上はどのチームにも所属していない手下に殺させる。すると、その範囲の土地はどのチームにも属さなくなる。

これは月生用のトラップとして用意された方法だ。つまり月生が踏み込んだ土地を突然「無所属」にして、能力を奪うことが目的だった。けれど今回は、そうではない。ゆっくりと準備を進める時間があるから、誰の命を奪う必要もないだろう。

トーマはサクランボの種だけを吐き出して、続ける。

「DVDの保管場所を、無所属の土地にする。すると、基本的にはどの能力の対象にもならなくなる」

もっともローコストで強固な、能力用の防御法だ。

「このループ中には用意しておきますよ」

とニックが言った。

彼がそう言ってくれると、安心できる。ニックはとても実務的な能力が高い。賢いし、よく気がつく。でも心配なこともある。

「ありがとう。でも、ニック。君はそろそろ、じれてきた頃じゃない？」

平穏が、紫を返さない。スプークスとの交換に応じようとしない。

おそらく紫が、この食料難の切り札になることを期待しているのだろう。そして実際、今のところ平穏な国が持っている有効なカードは――力任せの侵略戦争を別にすれば――紫くらいのはずだ。

ニックはとくに表情を変えず、アイスコーヒーに口をつける。

「そりゃあね。あいつらは、なにをするにしても判断が遅すぎる」

トーマは、わずかに身を乗り出し、ニックの瞳をみつめる。その奥になにか、彼の感情がみえないかと期待しながら。

「私は、君が望むなら、紫のために戦争をしても良いと思っている」

珍しく意図して、「私」と言った。この言葉を信じて欲しくて。

反対にいえば、トーマの言葉は嘘だった。正確には、トーマ自身にもどちらなのかわからない。私はもしかしたら本当に、紫のために戦うのではないか――そんな気もする。けれど今のところ、本心ではこちらから平穏に宣戦布告をするつもりはない。

期待に反して、ニックの瞳をどれだけ詳細に観察しても、彼の本心はわからなかった。こちらの言葉を信じたのかも、疑っているのかもわからない。

なんにせよ彼は、鼻で笑って答える。

「戦えばさすがに、うちの負けでしょう」

「たぶんね」

「いつまでも待ちますよ、別に。でもね、もし紫が死んだなら、オレはひとりでだって戦う」

「命をかけて？」

「かけるってか、そりゃ殺されるでしょ。オレひとりでなにができるっていうんですか」

――じゃあ、どうして戦うの？

そう尋ねたかったけれど、言葉にはしなかった。

そこに踏み込むのは、さすがに無作法だから。ニックに嫌われてしまう。

トーマは微笑《ほほえ》む。

「戦うときは一緒だよ。でも、それは最後の手段だ」

なんなら、食料をみんな平穏に返しても良い。それで紫が戻ってくるなら。

予定とは違うけれど、香屋を苦しめる方法は、また別に考えても良い。

――私は、甘いのかな。

きっと、甘いのだろう。とても。

本当はもっと徹底して、その甘さを捨てなければいけないのかもしれない。あの香屋歩を追い込もうとするのなら、より非人間的にならなければいけないのかもしれない。

でも、どうしてもそうはなれなかった。

——だって、もしも私が紫の命を蔑ろにしたなら。

それはまるで、彼女を人間の友人として、扱っていないようじゃないか。

まるで、ゲームのデータに、別れを告げるみたいじゃないか。

4

二四日目に、また死者が発見された。

共に生活を送っていた四人組のひとりが殺されていたのだった。

この四人組には上下関係があった。立場の弱い男が、他の三人にわずかな食料を搾取《さくしゅ》されていた。そして彼はあるとき限界を迎え、リーダー格の男を刺し殺した。

殺人が起こったのは、もう一週間も前だったようだ。残るふたりは事情を知っていたが、チームには報告せず、四人ぶんの食料の配給を受けていた。

話を聞いて、香屋歩は苛立《いらだ》っていた。現象としては理解できる。戦中で、食料が足りなければ、治安が悪化する。ごく当たり前に。けれど気持ち悪くて涙が滲《にじ》んだ。

心が弱っている。——いや、違う。もともと僕は、こんなものだった。人が死ぬ世界が怖くて、ずっと震えていた。けれどやっぱり、これまでとはなにかが違う。

食べたいという衝動が、連なった波のように押し寄せる。それが人を獣に近づける。心を苛立たせ、想像力を奪い、慢性的な苦痛が睡眠の邪魔をする。胃はほとんど空っぽのはずなのに、なぜだか吐き気がした。思考のすべてが、気を抜くと食欲で埋め尽くされた。

つまり、お腹が空くと疲れるのだ。その疲労が心をむき出しにする。

午後八時になるころだ。教会の一室のソファーで背を丸めて、香屋は奥歯を噛《か》む。

――答えをみつけないといけない。

このループが始まって、ずっと考え続けている。

月生というプレイヤーの、保留された「賞品」。

彼が生きる意味。誰かが生きる意味。考えれば考えるほど、それは香屋にとって愚かな疑問だった。そんなもの、適当なところから勝手にみつけてこいよ。なんでもいいんだ。なにかひとつ、信じてしまえばそれでお終《しま》いだ。なんて、つまらない疑問。

思わずそう考える自分自身を、香屋歩は否定する。

事実、自ら死を選ぶ人たちがいる。事実、月生は自身の生きる意味を知らない。この事実というやつから目を逸《そ》らしてはいけない。

――僕は。

たぶん、この架見崎の誰よりも「生きる意味」みたいなものを探すのが苦手なんだろう。そんな疑問、ずっと、頭に過《よぎ》りもしなかったから。

だから、素直に考えちゃいけないんだ。僕に「誰かが生きる意味」をみつけることなんて、できるはずがなくて、それでも答えに辿《たど》り着かないといけない。

香屋が座るソファーの隣には秋穂がいる。向かいのアームチェアには月生。そしてソファーとアームチェアのあいだのローテーブルに、プラスチックケースに入ったDVDと、温《ぬる》くなったコーラが三本。糖分が多いドリンク類は、今となっては貴重なエネルギーの供給源だ。加えて炭酸飲料は、なんだか多少はお腹が膨らむ気がして助かる。

月生が、香屋に尋ねた。

「貴方はどうして、生きることの価値を信じ続けられるのですか？」

最近ではこんな風に、むしろ月生が香屋に質問することが増えていた。

月生自身の心情を探る方針はすでに手詰まりで、具体案がないまま、とにかく「生きる意味」について話し合っているような状況だった。香屋は答える。

「だって、お腹が空くと、ごはんを食べたいじゃないですか。それは、生きたいってことでしょ」

生物にとって根源的な願望だ。そんなもの、否定してどうする？

けれど月生は続ける。

「ですが、いつだって本能のままに振舞えば良いというわけじゃないでしょう。もしかしたら、死への恐怖という本能を乗り越えた先に、豊潤なものがあるのかもしれません」

「ないんです。そんなの」

死への恐怖を忘れた先で得られるものなんて、ただのひとつも。

「どうして？」

「その理由を考えること自体が、なんていうのかな。僕には、すごく不純なことに思えるんです。不純っていうか、不誠実っていうか」

「生きることに対して？」

「そうかな。でも、違う気もします。世界とか、可能性とか、知性とか――上手《うま》くまとまらないんだけれど、そういうものに対して」

「貴方の言葉は、とても難しい」

「本当に、上手くまとまらないんです。どうしても」

「でも、それこそが運営の言う、生命のイドラなのかもしれませんね。生きることに価値を見出《みいだ》す、先入的謬見《びゅうけん》」

「謬見？」

「間違った考え、という風な意味です」

香屋は、軽く目を閉じる。――運営はどうして、「それ」を表すのにイドラという言葉を使うのだろう。生きることへの固執は始めから誤りだと決めてかかるような言葉を。

これまで黙り込んでいた秋穂が、コーラに口をつけてから言った。

「たぶん、根本が違うんですよ」

その声はとても小さい。お腹を空かせた彼女は、あらゆるエネルギーのロスを抑えようとしているようだった。ぼそぼそと喋《しゃべ》り、ほとんど表情も変えない。

月生が秋穂に目を向ける。

「なにが、違うんですか？」

「香屋歩というものの解釈」

「というのは？」

「それなりに長いあいだ香屋をみてきて、なんとなく気になっていたんです。――もしかしたら本当は、香屋歩は、他の誰よりも生きることの意味なんてものを信じていないんじゃないかって」

月生は、口を閉ざして考え込む。

香屋の方は、わけがわからなくて、とりあえず秋穂に反論する。

「いつだって僕は、死ぬことが怖いよ」

「でしょうが、それはこの話とは関係ないんですよ」

「どういうこと？」

「生きることの意味と、生き長らえようとする意思って、実は反対じゃないですか」

「そう？　意味わかんないな」

ややうつむきがちだった秋穂が顔を上げて、こちらを睨《にら》む。

「真面目《まじめ》に考えてくださいよ。貴方がわからないわけないじゃないですか。こっちはお腹が空いていらいらしてるんだから、あんまり喋らせないでください」

たしかに最近、秋穂は気が立っているようだ。秋穂を苛立たせるのだから、空腹というのは怖《おそ》ろしいものだなと思う。

そんな風に思考が脇道《わきみち》にそれているあいだも――あまり喋らせるなと言いながらも――秋穂が続ける。

「そういや、ケーキをもらえる約束がありませんでした？　あれ、どうなったんですか。いまこそばしっと出してくださいよ」

「それを持ち出されるとつらいな」

架見崎を訪れる前に交わした、秋穂との約束――エトランゼの期間限定モンブランをセットで。あの約束を、香屋は未《いま》だに果たしていない。トーマはこちらに食べ物を獲得する系の能力を取らせるつもりがないから、モンブランを手に入れるのはいっそう難しくなっただろう。

秋穂は軽い八つ当たりで満足したのか、話を戻す。

「えっと、なんの話をしていましたっけ？」

「生きることの意味と、生き長らえようとする意思は反対だって」

「そうですよ。どうしてわかんないんですか。もしも生きる意味なんてものを知っていたら、それが簡単に、死ぬ理由にだってなりそうでしょ」

香屋の直感には反する言葉だ。

けれど考えてみると、秋穂が言う通りなのかもしれない。たとえば生きる意味が「幸福になること」だったとして、もう幸せになれないと悟ったとき、自ら死を選んでしまうのかもしれない。なら、反対に言えば、生きる意味を設定しなければ死ぬ理由もない。

小声のまま、けれど強い口調で秋穂が言った。

「私の印象じゃ、香屋は生きることに固執しているっていうよりは、死ぬことをできるだけ避けてるって感じなんですよ。そのふたつはよく似てるんですが、たぶん本質的な考えとしてはまったく違って、だから貴方はややこしいんですよ」

秋穂の言葉は、はっきりと意味がわかったわけじゃないけれど、でもなんだか腑《ふ》に落ちた。

香屋はずっと、自分にとっての「生きる意味」を考えること自体を嫌ってきた。

それは、つまり生きる意味を定義づけてしまうことが、自らを死に近づけることだと本能的に感じていたからなのかもしれない。だから生きる意味についての議論を怖れて、嫌《けん》悪《お》してきたのかもしれない。

「なるほどね」

香屋がつぶやくと、秋穂が笑う。

「なにを、いまさら気づいたみたいな顔してるんですか」

「だって仕方がないだろ？　そんなの、言われるまで考えもしなかった」

「違いますよ。貴方はこれまでも、何度もそれを考えてきたんです」

秋穂の口調には、奇妙な自信を感じた。彼女の顔つきは、疲れ果てているけれど、反面でなんだか余裕のある風でもあった。その顔を、香屋はどこかでみたことがあるような気がしたけれど、咄嗟《とっさ》には思い当たらなかった。

秋穂が言う。

「生きろ」

ほんの短い言葉。

あのアニメのファンであれば、応じる言葉はひとつしかない。

「なんのために？」

そう口にしながら、香屋は頭の中で、細い線が繋がったような気がした。

たしかになにか思いついたはずなのに、それがなんなのか、まだ実体がつかめない。漠然としたアイデアが閃《ひらめ》いてからその内容を具体化するまでの時差みたいな、焦燥感と期待感が入り乱れる感覚。

あのヒーローの言葉を、秋穂が告げる。

「そんなこともわからないまま、死ぬんじゃない」

――ああ。そうか。

香屋にはいまだ、月生の「生きる意味」がわからない。発見できる予感もない。けれど、それは考えても仕方がないことなのだ。根本的に、アプローチが違う。答えを探そうとするからどうしようもなくて、まずは手段をみつけだすべきだ。

いまだ自身の考えがあやふやなまま、香屋は告げる。

「月生さんはたぶん、本当は、もう生きる意味を知っている」

いや。違う。この言葉じゃ正確じゃない。

――心の奥底に、「生きる意味」への偏見《イドラ》がある。

それは誤った先入観だ。なら、彼は自身の「賞品」をみつけだすために、七月でその誤りを正さなければならない。

香屋は自身の考えをまとめるために、温いコーラに口をつけた。

＊

香屋歩がその解答に辿り着いたとき、アポリアもまた、同じ可能性を考察していた。

なぜなら香屋歩は、アポリアの一部でしかないからだ。彼のひらめきは、同時にアポリアのひらめきでもある。ただし「香屋歩ＡＩ」よりも圧倒的に多くの演算領域を持つアポリアは、彼以上に正確に、その考えを理解していた。

カエルは「香屋歩の主張」の正当性について考える。答えを出すよりも先に、ネコが口を開いた。

「八月を止めましょう」

けれど、カエルはまだ悩んでいる。――それは、フェアなことなのか？　自分たちを守るために、ヘビにとって不利な提案を受け入れようとはしていないか。

珍しくフクロウも、ネコに味方した。

「たしかに、これまで試したことがない方針ですよ。イドラを与えるのではなく、奪うというのは」

ふっとカエルは息を吐く。

——八月の架見崎は、すでに私の想定を外れている。

架見崎の運営を始めた時点では、考えもしなかったことが、すでにいくつも起こっている。そして、それこそが架見崎という場所の意義でもある。

カエルは言った。

「了解いたしました。では、おふたりに許可をいただけるのであれば、八月を一時的に停止しましょう。七月の架見崎を再起動するために」

もちろん実験の結果として、七月のデータは保存している。

けれどその再起動は、想定された事態ではない。これまでのすべての架見崎で、どのプレイヤーも発想しなかった方法だ。

——香屋歩。

冬間《とうま》美咲《みさき》のヒーローとして設計されたＡＩ。

やはり、あれは異常だ。

なによりも、自身の発想が、月生にとってどれほど苦しいものなのかに目を向けない。

誰にだって明らかなその視点が欠落している。

ただ純化した目的を達成する意志。

——彼は、ヘビとは異なる形で架見崎を否定する。

けれど、それは別にかまわない。

この架見崎が消えてなくなったとき、そのあとに生命のイドラが——そう呼べるなにかが残るのか。それこそが、カエルにとっては重要だ。

第四話　生きる意味をください

1

月生《げっしょう》は、空を見上げていた。

特徴のない空だ。青く、気持ちよく澄んでいる。けれどその青はやや淡く、どちらかといえば優しさを感じる。夏の入り口のその色を、雲の形のひとつひとつを、前髪を揺らす風を、月生は思い出す。

同時に、理解した。

――ああ。彼は。

香屋歩《かやあゆむ》は、正解に辿《たど》り着いたのだ。少なくともアポリアが検証すべきだと判断する、なんらかのアイデアに至った。だから今、月生は、七月の空の下にいる。

それは情けないことだった。なぜなら生きる意味を、あの少年から与えられようとしているのだから。

「久しぶりね」

声をかけられて、月生は振り返る。

そこに、ひとりの女性がいる。ずっと夢に見ていた女性だ。

――ウラル。

やっぱり美しいひとだ、と月生は思う。もしかしたら、一般的には、彼女の外見に特別な印象はないのかもしれない。鼻の形は良いけれど、目や口が小さいから、地味な顔立ちだと言われるのかもしれない。けれど月生には彼女が特別にみえる。ウラルと過ごした七月の記憶が彼女の瞳《ひとみ》をなにより貴重なものにする。それは夕陽を映すビー玉が、ほんのひと時だけダイヤモンドよりも美しく輝くようなことなのだとしても。

彼女は口元に笑みを浮かべていた。けれどその印象は、少しぎこちない。あちらにも緊張があるのかもしれない。

ウラルと向き合った月生は、胸の中で苦笑する。

――これで、私の想像はひとつ外れたことになる。

もしかしたら私は、ウラルとの再会のために生きているのかもしれない。――こんな風に、考えることもあった。けれど月生は、今もまだ自身の生きる意味を確信できないままでいる。それでも。

「もう一度、貴女《あなた》に会いたかった」

そう月生は告げる。

彼女は、困った風に首を傾《かし》げて話を続ける。

「アポリアは貴方《あなた》への『賞品』の発見のため、七月の再演算を決めた。貴方は比較的自由に、七月のデータに介入する権利を与えられている」

「貴女は？」

「なに？」

「どういった立場で、その再演算に関わるのですか？」

ウラルは軽く、腕を組んでみせた。おそらく月生の質問は、意外に複雑なもので、正確な返事が難しいのだろう。

ともかく、彼女は言った。

「私の扱いについて、アポリアには選択肢があった。つまり私を模倣したＡＩをでっちあげて、この架見崎《かみさき》に組み込むのか。それとも、本当に私が――つまり、株式会社アポリアの研究員としての私が、もう一度架見崎に加わるのか」

「どちらが選ばれたのですか？」

「私は後者を希望し、アポリアもそうすべきだと判断した。アポリアも、貴方が『生きる意味』を発見するためには、私自身が加わるべきだと考えたのだと思う」

「ありがとうございます」

「いえ。――貴方の存在そのものが、私たちの我儘《わがまま》のようなものだから」

架見崎と、そこに加えられたＡＩたち。本質的には「生命のイドラ」を発見するための、演算装置の部品でしかないものたち。

月生は軽く首を振る。

否定ではなかった。肯定でもなかった。仮に自分自身が存在する理由が「架見崎運営の我儘」でしかなかったとして、そんなことはなんの問題でもない。否定すべきことも、気に留めることもない。

ウラルは本来の――つまり、この七月の――説明に戻る。

「ここでは、貴方と私の意識のほかは、すべて七月のゲームのある日が再現されている。二八二ループ目の七月三日。ここから始めることを選んだのは私だけど、貴方の意思でより過去にも戻れる」

二八二ループ目の七月三日――この日づけの意味は、明白だった。

七月の架見崎において、最後まで争っていた二チームがある。一方は月生が所属していた「ウィンピーメア」。もう一方が、そのライバルと言える「ナイトクロウズ」。そしてウィンピーメアは、二八二ループ目の七月三日――つまり今日、ナイトクロウズを打ち破り、七月の架見崎で唯一《ゆいいつ》のチームになった。

けれどこの日は同時に、ウィンピーメアが崩壊した日でもある。

架見崎のゲームにおいて、メインチームに従属する「部隊」チームも、データ上はひとつずつ個別のチームとして処理される。つまりナイトクロウズが滅びたあと、ウィンピーメアのすべての部隊はメインチームに対して敗北を宣言し、データ上も架見崎の全領土を一チームにまとめなければゲームエンドにはならなかった。

それは問題なく進むはずだった。こんな言い回しは気恥ずかしいけれど、ウィンピーメアは強い絆《きずな》で結ばれたチームだった。少なくとも月生はそう信じていた。けれど、チームの統合の前に、メインチームのトップだった男——クリシェという名の男だ——を、第二部隊リーダーの無骨《むこつ》が殺した。

ウラルが、手にしていた端末に視線を落とす。

「ちょうど、今、クリシェが死んだ」

同時に月生の端末が軽い電子音を鳴らし、クリシェの死とメインチームの消滅を伝える。

月生にとっての、トラウマとなった記憶の再現。

月生は首を傾げて、ウラルをみつめる。

「七月への後悔が、私が生きている理由だと言いたいのですか?」

ウラルは少し困った風に、眉間《みけん》に皺《しわ》を寄せてみせる。

「アポリアはまだ、なにも判断していない。でも、貴方はそう思っているでしょう?」

ああ。その通りだ。

——私が生きる意味。

それは、何度考えても、この七月にしか存在しない。

「あのとき、私は慌《あわ》ててクリシェの元に駆けつけました。無骨の裏切りなんて、信じられなかった」

「そうね。そして――」

「貴女が、死ぬことになった」

ウラル。

この美しい女性を殺したのは、月生だとも言える。

2

一度目の話をしよう。

八月を経験した月生がこの七月に戻ってくる前の、オリジナルの七月の話を。

その七月で、月生はウラルに出会った。彼女が所属していたチームを月生のウィンピーメアが滅ぼし、取り込んだのがきっかけだ。この戦いで得た人員は各部隊に振り分けられた。そしてウラルが加わったのが、月生の第一部隊だった。

――ちょっとした問題児だよ。だから、君に任せる。

とクリシェは言った。

彼の言葉の意味は、この時点ではよくわからなかった。けれど月生にとっても、ウラルの第一印象は、決して良かったとはいえない。彼女はもともと自身が所属していたチームの消滅にも、ウィンピーメアという新チームにも関心がないようにみえた。まるでなにもかもが他人事《ひとごと》で、悲しむ様子も、怒る様子も、新たなチームでどうにか自分の居場所をみつけようと無理に愛想良く振舞う様子もなかった。

一方でウラルは、明らかに特別なプレイヤーでもあった。

彼女は例外的なその他能力《オリジナル》を持っていた。「スケープゴート」と名づけられたその能力は、強引にループを発生させる。ループすれば怪我《けが》が治り、能力の使用回数が戻り、新たな能力の獲得の機会を得られ、安息日が訪れる。戦況の不利をひと息に解決する、絶対的な逃げ道だった。

ウィンピーメアが架見崎の勝者になれた背景には、ウラルの能力が深く関わっている。もしもスケープゴートがなければ、少なくとも二度、ウィンピーメアは滅んでいた。だから本来、ウラルはウィンピーメアの救世主と呼ばれてもよかった。誰にだって、愛されてもよかった。

けれど実際には、ウラルがチームに馴染《なじ》むことはなかった。

有用ではあるけれど、なにを考えているのかわからない。いつか裏切るだろう冷たい女というのが、常にウラルへの評価だった。

ウラルがチームに馴染めなかった理由は、いくつかある。

たとえば、集団での行動を嫌っていたこと。たまに戦勝を祝うパーティなんかが開かれても、彼女はほとんど参加しなかった。戦闘訓練も嫌い、すぐに「疲れたから」と言ってどこかに消えた。誰かが話しかけても素っ気ない返事ばかりで、友情を築くための努力を頭から放棄していた。

チームのメンバーたちがウラルへの不満を募らせることになった、最大の理由は、彼女が自身の素晴らしい能力をなかなか使おうとしなかったことだ。

たとえばある戦いで、部隊リーダーのひとり――ミティが片腕を失った。明るく優しいミティはチームの人気者で、その負傷も仲間を庇《かば》ってのことだった。

ミティは腕を失った傷で、ずいぶん苦しんでいた。ベッドで身もだえ、なかなか熱が下がらなかった。ループまではまだ半月もあり、彼女の治療には、今すぐにウラルのスケープゴートでループを発生させるのが最善だった。

けれどウラルは、頑《かたく》なにスケープゴートを使おうとしなかった。

――いいでしょう？　まだ生きているのだから。

と彼女は言った。その言葉が、ミティを愛していた何人かをひどく苛立《いらだ》たせた。

けれどこの一件が、月生にとって、ウラルが特別な女性になったきっかけでもある。

ウィンピーメアのリーダー・クリシェは、チーム内の亀裂《きれつ》を嫌う男だった。彼はウラルと月生を呼び出し、こう質問した。

「どうして君は、本当のことを話さないんだ？」

この時点でウラルの能力の詳細を知っていたのは、クリシェと、彼の副官だった検索士《サーチャー》だけだった。

冷たい口調で、ウラルが答える。

「理由が、必要？」

「チームの運営のためにはね」

「けれど、はじめに約束したでしょう？　能力の使い方の最終的なジャッジは私が下す。そして、私の能力の詳細は、チームの誰にも明かさない」

「君が話をするだけで、みんな納得するんだ」

「でもそれは、私が望むことではないの」

クリシェとウラル。

ふたりの会話に、月生はついていけなかった。

「待って。ウラルの能力には、私も知らない秘密があるんですね？」

実のところそれは、月生も予想していたことだ。ウラルのスケープゴートはあまりに便利で、なにか強い制限がなければ不自然だ。

小さなため息をつき、クリシェがウラルをみつめる。

ウラルは月生の方をみて、言った。

「貴方にだけは、教えても良い。知りたい？」

「もちろんですよ」

「誰にも話さないと、約束できる？」

「内容によります。そんなもの」

「では、この話はおしまい」

ウラルは本当に、そのまま立ち去ってしまいそうだった。

月生は、仕方なく続ける。

「わかりました。約束しましょう。貴女の同意なく、貴女の能力のことを誰かに話しはしません」

「その約束が破られれば、私はこのチームを離れる。これはクリシェも同意している」

「はい。それで？」

ウラルは言った。

別に、なんでもない風に。表情も変えずに。

「スケープゴートは、発動のたびに使用者の体内の器官をひとつ奪う」

少し時間をかけて彼女の言葉の意味を理解したとき、月生が感じたのは、得体の知れない気持ちの悪さだった。体内の器官。内臓を代償とする能力というものを、月生はこれまで、想像したこともなかった。

ウラルが続ける。

「この効果で失った臓器は決して回復しない。ループでも、他の能力でも。私にはあまり医学の知識がないけれど、いずれ、生命の維持に必要な臓器を失うことになるでしょう。だからスケープゴートは多用できない」

ああ。なんてことだ。

ウラルはすでに、これまでに二度、チームのためにスケープゴートを使っている。そのうちの一度は自分たちの部隊を守るため、月生が使用を指示した。

彼女は落ち着いた女性だったが、稀《まれ》に、ほんの幼い少女のような困り顔を浮かべることがあった。このときもそんな表情で、ウラルは言った。

「大丈夫よ。臓器を失う順序は、私には明かされていないけれど、おそらく生命の維持にはさほど重要ではないものから消えるのでしょう。今のところ、日常生活に大きな問題はないみたい。胃はなくても腸で代用できると聞くし、腎臓《じんぞう》はひとつあればどうにかなるようだし。きっとまだ二、三回は、能力を使っても死にはしないでしょう」

そんな話ではない。

クリシェの言う通りだ。どうしてウラルは、このことをチームの仲間たちに伝えないんだ。事情がわかれば、誰もウラルを責めはしないのに。すでに二度、我が身を犠牲にしてこのチームを守っている彼女は、誰からだって愛されるはずなのに。

「話しましょう。今、すぐに」

けれど月生の提案を、ウラルは首を振って跳ね除《の》ける。

理由の説明はなかった。

「約束が破られれば、私はこのチームを離れる」

彼女はもう一度、そう繰り返しただけだった。

——なぜウラルは、能力のことを秘密にしているのだろう？

その理由を、彼女は最後まで言葉にはしなかった。

けれど、なんとなく、月生には想像がつくような気がした。

きっとウラルは優しすぎたのだ。だからこの架見崎という場所で、誰かに愛されることを避けていた。彼女はいずれなんらかの形で——場合によっては自身の能力の代償で命を落とすことを覚悟していて、その死の意味を、できる限り小さなものにしたかったのではないか。つまり、残された人たちに、「ウラルは自分たちを守って死んだのだ」とは、決して悟らせたくはなかったのではないか。

この想像が当たっていたなら、チームの様子は、彼女の思惑の通りだった。

ごく一部の例外——月生やクリシェ——を除き、誰もがウラルを嫌っていた。

ちょうどミティの負傷があったころから、ウラルに話しかけるチームメイトはほとんどいなくなった。何人かは酒が入れば、必ず彼女を非難した。仲の良いウィンピーメアの中でウラルだけが、いつまでも「余所者《よそもの》」だった。稀にウラルがスケープゴートを使用しても、「ようやく使ったのか」という雰囲気で、誰も彼女に感謝する様子がなかった。

けれど、月生とウラルの関係に限っていえば、あの日——月生がスケープゴートの代償を知った日——を境に、ずいぶん好転したように思う。

ウラルは月生とふたりきりでいるときだけは、多少はプライベートな会話にも応じるようになった。彼女は注意深く詳細を隠しながら、「現実」ではある大きな企業で研究者をしているのだと話した。

　そんなとき、彼女が浮かべる微笑《ほほえ》みがずいぶん感傷的なものにみえる理由を、このころの月生は、まだ知らなかった。

＊

　二八二ループ目の七月三日。

　ナイトクロウズが消滅し、そしてウィンピーメアが内部崩壊を起こした日。

　ウラルは、最後のスケープゴートを使った。

　あのとき、月生にはクリシェの死が信じられなかった。彼の――正しくは、彼の遺体の元に駆けつけて、そして、第二部隊リーダー・無骨と顔を合わせた。

　無骨は体格の良い、髪を坊主《ぼうず》にした男だ。普段は多弁でくだらない冗談を好むが、戦場ではクールで、頼りになった。

「クリシェは？」

　月生がそう尋ねると、彼は爬虫類《はちゅうるい》じみた、ぎょろりとした目でアスファルトに倒れたクリシェを示してみせた。

「オレが殺した。仕方ないだろう？　このゲームを勝ち切る、唯一の方法だ」

　改めて考えてみれば、これは馬鹿《ばか》げた会話だった。

　無骨がクリシェを殺したことは明白だ。すぐそこにクリシェの死体がある。月生の端末でも、すでにメインチームが消滅し、その領土は第二部隊のものになっている。けれど月生には、目の前で起こっていることを、どうしても受け入れられなかった。

「オレにつけよ、月生」

と無骨は言った。

「オレたちが組めば、誰にも負けねぇよ。このクソみたいなゲームを、ふたりで終わらせちまおう」

――なにを言っているんだかわからない。

これが、月生の素直な感想だった。

月生はクリシェを敬愛していた。彼は賢く、優しい男だった。いつだってフェアであろうとしていた。責任を負うことを躊躇《ためら》わなかった。とくに内政が上手《うま》く、彼の指示に異議が出ることはまずなかった。けれど独裁ではなく、仲間たちの意見をよく聞いた。些細《ささい》なことで大げさに喜び、仲間が死ねば独り悲しんだ。ウィンピーメアの魅力とは、そのままイコールでクリシェの魅力で、彼がいなければ月生はこのチームに尽くそうとは考えなかったはずだ。

「無骨。貴方は、間違えた。誰も貴方を許しません」

クリシェは愛されるリーダーだった。

無骨にどんな事情と葛藤《かっとう》があったのか、月生にはわからない。けれどこのチームの全員がクリシェを弔い、そして無骨に報復するだろう。そう確信していた。

なのに、悲しげに笑って、無骨は言った。

「クリシェを殺そうと決めたのはオレじゃない。おそらく提案したのは古川《ふるかわ》――だがミティもドロウズも乗っていた」

「あり得ない。そんなことは」

「でも、事実だ。実際にクリシェは死に、ここに駆けつけたのはお前だけだ」

第二部隊リーダー、無骨。第三部隊リーダー、古川。第五部隊リーダー、ミティ。第六部隊リーダー、ドロウズ。――ウィンピーメアが持つ六つの部隊のうち、四つ。三分の二の部隊が裏切るなんて、考えられない。

無骨が続ける。

「第四部隊――フィルはミティとドロウズが落とすことになっている。最終決戦に残るにはフィルじゃあ格が足りねぇって話だよ。月生、オレはお前にも声をかけたかったが、古川に反対された。お前は生真面目《きまじめ》で、クリシェとも仲がよかった」

「貴方は？」

「うん？」

「無骨。貴方も、クリシェの友人でしょう？」

「どうかな。引き金は、別に重くもなかったよ」

このとき本当は、月生は怒りに身を任せるべきだったのだろう。すぐに端末を叩《たた》いて、強化《ブースト》を発動して、無骨を殴り殺すべきだったのだろう。

けれど月生は、そうできなかった。

怒りとか、悲しみとかよりも、ひどい疲労感だけを覚えていた。——これまで私は、なんのために戦ってきたのだろう。誰を信じてきたのだろう。戦場では何人も殺した。いったいその死に、なにを望んできたのだろう。

月生は能力も使わずに、まっすぐに無骨に歩み寄った。

彼の胸元をつかんで、告げる。

「もういい。勝手に馬鹿げた殺し合いを続けていろよ、無骨。私はもう、このくだらないゲームを下りる」

「そうかい。残念だ」

返事と共に、射撃《シュート》の光が月生の胸を撃ち抜いた。

無骨が放ったその一撃で、月生は死ぬはずだった。本来なら。

ウラルが最後のスケープゴートを使ったのは、このときだった。

＊

そのスケープゴートが、ウラルからいかなる臓器を奪ったのか、月生にはわからない。

ともかく彼女はまた、なんらかの臓器を失った。生きるために必要な臓器を。

スケープゴートによって発生したループのあと、ウラルはすぐに死んだわけではなかった。彼女には、五日間ほど、ベッドの上で過ごす猶予《ゆうよ》があった。

ウラルの消耗は、月生にもよくわかった。顔色が悪く、熱が引かない。その顔は肉が落ち、ひと回り小さくなっていた。少女が魔法で老婆《ろうば》に変えられる途中の、不自然な姿を切り取ったように、記憶の通りの彼女と衰弱した老人とが混在していた。

月生は五日間、その顔をじっとみて暮らした。美しい女性だ、とこのときも感じた。ウラルは自身の死と共に訪れる苦痛を、必死に外には出さないように堪えていた。眠るあいだに漏らすうめき声さえ押し殺していた。隣で、情けなく戸惑うばかりの月生に、怒りも悲しみも向けなかった。もっと生きたいとも、殺して欲しいとも言わなかった。

一日に、合わせて二、三時間ほどだろうか、苦痛の波が引いたとき、ウラルは月生に語りかけた。

「貴方には、私を恨む資格がある」

その声は小さく、明瞭《めいりょう》には聞き取れなかった。

「無理に喋《しゃべ》らないで。じきに良くなります」

月生は根拠もなく、そう繰り返した。

けれどウラルは話を続けた。月生は仕方なく、彼女の声を聞くために、その口元に耳を寄せた。

「これまでの六か月間、架見崎にはそれぞれ、アポリアの研究者が加わってきた。要するに、この実験を、内側から観察するために。データとして現れないデータを獲得するために。それは多くの場合、上手くいかなかった。私たちの観察より、アポリアのレポートの方がずっと詳細で的確だったから。けれど私は七月への参加を決めた。架見崎は期待通りの成果を上げているとはいえず、焦《あせ》りもあった」

ウラルの話は断片的だった。

苦痛に耐えるための沈黙や、気絶のような眠りの合間で、彼女は無作為に開いたメモのページを読み上げるように話した。

「私の能力はつまり、この状況を作るために生み出された。なんらかの形で、実験への参加者の感情を刺激するために。私も拒否しなかった――もっと、冷静に役割を果たせると思っていた」

「フィクションはフィクションであり、その苦痛も死も、実在するラット一匹のそれほども価値を持たない。私はそう考えていた。けれど、貴方たちは想像以上に人間だった。――いえ、違う。貴方たちがまるで人間のように振舞うことは想定していた。想像外だったのは私自身の方なのだと思う」

「生命というものを定義する、境界線の揺らぎ。それは私たちにおいて重要なテーマだった。アポリアの致命的な欠陥は、使用者に対して現実と非現実の混和を引き起こすことだとも言われていた。だからこそ私自身には、それが起こらないと高を括《くく》っていた。悪魔は未知に生まれ、既知には生まれないと信じていた」

「間もなく、七月が終わるでしょう。そして八月が始まる。そのとき、七月の貴方たちは演算を停止し、ただデータとして保存される。――これはもちろん、死ではない。可逆的な停止に過ぎないのだから。けれど、もしも貴方たちのデータが破損したなら、それを死と呼べるのではないか。私はすでにこう考えつつある」

「アポリアは私を演算したのだろうか、としばしば考える。私が演算可能なら、私とはなんだろう。そして、私が私としてこの実験に加わる意味とはなんだろう。アポリアは生命になにを求めているのか、あるいはなにも期待していないのか。最近は、アポリアであれば、貴方たちも生命と呼ぶのではないかという気がする」

そのウラルの断片的な、そして一方的な独白から、月生は少しずつ自身の立場を読み解いていった。月生には、ウラルの言葉のすべてが、懺悔《ざんげ》のように聞こえた。少しでも「彼女たち」の罪を伝え、「私たち」に裁かれたがっているようだった。

五日目に、ウラルは言った。

「もしも貴方が私の死を悲しむなら、その悲しみはもともと予定されていた。私の能力が決まったときから。スケープゴートは、貴方たちの感情を刺激することを目的として設計された能力なのだから。だいたい私は、本当に死ぬわけでさえない。ただ架見崎での身体《からだ》を失い、現実に戻るだけ」

この言葉は、独り言のようではなかった。はっきりと月生に向けられた言葉だった。

彼女はこちらを慰めようとしたのだ。けれど、なんて奇妙な慰めの言葉なのだろう。

ウラルの言葉が真実であれば、彼女は決して、こんなことを言うべきではないはずだ。もしも本当に彼女の能力が、架見崎への参加者の――たとえばそれは、月生の――感情を刺激するためのものだったなら、架見崎というこの場所の背景を秘密にしたまま消えるべきなのだ。もっというなら、彼女は自身の能力の詳細をチームメイトに明かし、大勢に愛され、英雄として死ぬべきだった。なのに、なんて矛盾したことを。

ウラルと共に暮らした最後の五日間は――月生自身、そう感じたことがひどく後ろめたくはあるけれど――幸福なものだった。ウラルは苦しみ続けているのに、その日々は静かで、安らかで、満ち足りていた。

理由はシンプルだ。月生はすでに、すべてを放棄していた。

架見崎での勝利を目指し、かつての仲間たちと戦うつもりはなかった。ウラルの死と共に、月生自身も死んでしまうつもりだった。クリシェのことは――彼が仲間の手で殺されたという事実は、月生が架見崎で過ごした過去のすべてを否定するものだった。そして、ウラルの死は、月生の未来すべてを無価値にするだろう。そうわかっていた。

ウラルが、もう一度言う。

「貴方には、私を恨む資格がある」

月生は首を振る。

ウラルへの恨みはまったくなかった。本当に、まったく。もしも自分たちが、ただ架見崎という実験のために生み出された部品に過ぎないのだとしても、それがいったいどうしたというのだ。

けれど、ウラルは続ける。

「私は、こんな結末を望んではいなかった。貴方を苦しめて死ぬような終わり方を、望んだわけではなかった。けれど想像はしていた。こうなる可能性を知っていながら、貴方にはスケープゴートの詳細を打ち明けた。だって貴方は、この架見崎で出会った中で、もっとも――そうね。もっとも、生命のイドラへと繋《つな》がる可能性を感じさせる人だった」

その言葉は、愛の告白のようだった。

恋愛ではないだろう。研究者から実験対象に向けた、あるいは創造主からその創作物に向けた愛の告白。けれど、それだけではないのではないか、と月生は期待した。本来、月生よりもずっと高い次元にいるはずのウラルが、このときだけは、目の前まで下ってきたような気がした。

「もしも、私の望みが叶《かな》うなら」

ウラルは顔をしかめながら、片手を伸ばした。

彼女の指先の、真昼の空に白く浮かぶ三日月のような冷たい温度が、頬に触れた。

「貴方は、生きて。生命のイドラを証明して」

最期《さいご》にウラルが告げたのは、そんな、呪《のろ》いのような言葉だった。

3

八月を経験し、再び七月に戻った月生は考える。

――あのときから今まで、私は、なんのために生きたのだろう？

答えは未《いま》だに、わからない。

けれどこの七月に、いくつもの後悔を残してきたのは事実だ。もしもクリシェを救えていたなら。無骨たちの裏切りを止められていたなら。そして、ウラルを。彼女を失わないでいられたなら、生きる意味なんてもので悩むことはなかったのかもしれない。

ウラルが言った。

「この七月は、貴方への『賞品』として用意された。貴方はこの七月を、何度だって、いつだってやり直せる。貴方が望む限り」

月生はアポリアに、こう願った。

――私に、生きる意味をください。

その結果がこれなのだろうか。おそらく香屋歩が発想し、アポリアが許可を出した、少なくとも再演算すべき価値がある可能性。

月生にはまだ、しっくりこない。この七月に戻ってきたことに、大きな喜びを感じるわけでもなかった。

けれど、すべきことはある。

「無骨に、会ってきます」

七月への後悔を、ひとつずつ潰《つぶ》していこう。嫌いなものを、気持ち悪いものを、この七月の空の下から消し去ろう。そしてやがて、この七月が月生の期待通りの結末を迎えたなら、それはたしかにひとつの幸福だ。

その幸福が、「生きる意味」に繋がるのか、まだわからない。けれど今は、愚直にただ幸福を目指そう。


メインチームの領土に戻ったとき、そこでみた景色は、月生が記憶している通りのものだった。

無骨が立っている。彼はつまらなそうに口を歪《ゆが》めていて、そして、背後のアスファルトにクリシェの遺体がある。

無骨に対する最初の質問を、月生は変えた。

「どうして、裏切ったのですか？」

ずっと、そう尋ねてみたかった。

無骨にも。古川にも、ミティにも、ドロウズにも。どうして彼や彼女がクリシェを裏切らなくてはならないのか、月生にはわからなかった。

無骨は、少し戸惑っているようだった。誤魔化しのような笑みを浮かべる。

「意外に冷静だな」

どうだろう――クリシェの死は、たしかに今の月生にとって、すでに過去の出来事になっているのかもしれない。この場面をすでに経験したことがあるから、覚悟ができていたというのもある。

けれど、胸の内がまったく平静だったわけでもない。無骨は、間違えるべきではないことを間違えた。それは、愚かなことだ。今でもそう思っている。

「どうして？」

重ねて尋ねると、無骨は言った。

「架見崎の賞品が、欲しくなってね。親父《おやじ》が病気なんだ」

それは別に、意外でもない。彼の父親の病に関しては以前から聞いていた。――無骨に限らず誰だって、架見崎を訪れる前の世界に、なにかしら望むことはあるのだろう。家族の幸せや、恋人の幸せや、あるいは自分自身の幸せ。なんであれ、「好きなものをなんでもひとつ」という賞品には魅力がある。

月生は軽く首を振る。

「クリシェは、チーム全員の願いを叶えることを約束していました」

架見崎において、きっとたいていの月の終わりには、似たような議論がされてきたのだろう。

――チーム全員の願いを、みんな叶えてください。

架見崎のゲームがチーム戦である以上、運営にこう願うことになる。

けれど無骨は首を振る。

「あいつが本気で、その約束を守ると思うか？」

「もちろんです。彼は常に、フェアで優しかった」

「なら、運営がそれを叶えると思うのか？」

わからない。そんなことは。

――勝者が望むなら、全員の願いを叶える。

それを認めてしまえば、このゲームは破綻《はたん》する。多くの人たちが争う理由を失う。

ゲームを破綻させるような願いが、許されるのか、許されないのか？

運営の言葉になんの偽りもなければ、許されなければならない。けれど架見崎への参加者と運営の立場は、決して平等だとはいえない。

――できません。別の願いを。

こんな風に答えられてしまえば、どうしようもない。勝者は「全員の願い」を投げ捨てて、自分自身の願いだけを選ぶだろう。けれど。

「それでも、貴方は信じるべきでした。クリシェと、それから運営を」

架見崎の運営の考えは読み切れない。

平和的な話し合いで、このゲームへの参加者の意思をひとつにまとめる——こういった方法も勝利の手段として設定している可能性はある。七月でゲームが破綻しようが、八月以降のルールに手を入れれば解決する問題でもある。

無骨は、何気ない動作で端末を取り出す。攻撃を警戒したが、彼はただ時間を確認しただけだったようだ。手の中の小さな画面に目を落として、言った。

「オレは親友に金を貸すにしても契約書を作りたいタイプでね」

「誰も信じない、ということですか？」

「ってか、証拠が欲しいんだ。——お前のことは信じている。九割九分も信じている。それでも、残り一分は理屈で埋めたい」

「わかりますよ。けれど、殺害には繋がらない」

「古川の提案で、クリシェにある能力を取らせようとした。——能力の発動中、使用者は嘘《うそ》をつけない。安い能力だよ。使い手にデメリットしかないからな」

話の先が読めて、月生は顔をしかめる。

「クリシェが、それを拒否したんですか？」

「拒否ってか、まあ、そうだな。のらりくらりとかわされたって感じか」

それは月生にとって、意外なことだった。

月生がイメージするクリシェは、この手の提案を蔑《ないがし》ろにしない。感情的にならず、チーム内の不満を律儀《りちぎ》に刈り取る男だった。

――なら、クリシェは嘘をついていた？

彼には初めから、チーム全員の望みを叶えることを運営に提案するつもりがなかった。月生の胸にも生まれたその疑念が、クリシェ殺害へと繋がったのだろう。

無骨は続けた。

「けっきょく、その能力はオレが取った。このループの頭のことだよ。さっきナイトクロウズの連中を殲滅《せんめつ》して――それから、クリシェにチームリーダーを譲るように提案した。でも、断わられた」

「だから殺した？」

「この状況で、クリシェがチームリーダーにこだわる理由は、賞品の独占しかない。裏切り者って話なら、オレより先にあいつが裏切った」

月生は、ふっと息を吐き出す。

当たり前だが、無骨には無骨の視点があり、彼の思考と思想がある。ある点において、クリシェは無骨が期待するリーダーの条件を満たせなかった。それは、わかる。

「けれど、殺してしまうことはない。私たちは――いつだって、より理性的であれるはずです」

月生の言葉を聞いて、無骨は笑ったようだった。

呆《あき》れと嘲笑《ちょうしょう》が、その笑みの成分の大半だろう。けれど月生には、嫌な笑みにもみえなかった。どこか親密なものを感じる笑い方だった。

ゆっくりと、彼が首を振る。

「苦しかったよ。架見崎は」

「ええ。そうですね」

「お前とは何度か、美味《うま》い酒を飲んだ。でも、どうしたって嫌なことの方が多い。オレはずいぶんたくさんを、この架見崎に賭《か》けてきた。いまさら引き返せないよな」

違うのだ、と月生は考える。

おそらく香屋歩なら、こんな風に言うだろう。

――いつだって、誰だって、引き返せないということはない。

咄嗟《とっさ》に思い浮かんだのが彼の怯《おび》えた表情で、月生は苦笑する。やはりあの少年には、特別な何かがある。周囲の思想に影響を与える何か。それは幼く弱々しく、けれど英雄的なもの。あるいは、生命のイドラへの道となり得るもの。

「無骨。私は貴方を、友人だと思っています」

「オレもだよ。それで？」

「やっぱり、貴方はクリシェを殺すべきではなかった。三人で話をしたかった」

言葉にしながら、月生は自身の心情の変化に驚いていた。

──ああ。私にも、望みがあった。

これまで漠然としていたものが、明確なイメージになった。月生と、クリシェと、無骨と。この三人でまた、同じテーブルに着くこと。これは、生きる意味となり得る望みだろうか？

無骨が端末を叩く。

「だが、もう遅い」

彼はいつも、判断が早い。だから戦場では救われた。何度もウィンピーメアを勝利に導いた。そして、だからクリシェは死に、無骨自身も死んだ。

無骨は「オーバーラン・エチケット」という名の能力を持つ。その能力は、射撃《シュート》の使用回数をまとめて消費して広い範囲への攻撃を行う。その数、最大で通常の射撃《シュート》四二〇〇発ぶん──無骨の射撃《シュート》は純粋に高威力で射程も長いため、異様な範囲を圧倒的に破壊する。

彼を中心に、幅が一〇〇メートルを超える巨大な射撃《シュート》のエフェクトが煌《きら》めいていた。対策していなければ回避は極めて困難で、並の強化士《ブースター》であれば跡も残らない。

けれど月生は、彼の攻撃を知っていた。前方に足を踏み出しながら、身体を半身にして右手を突き出す。その手に巨大な光の洪水がぶつかり左右に弾《はじ》ける。もしも七〇万Pを持っていたころの月生であれば、傷もつかなかっただろう。けれど、今はそうではない。七月の、この時点でのポイントは一七万ほど──光の洪水が過ぎ去ったとき、月生の右手は手首から消し飛んでいた。

経験で知っている。その痛みを脳が理解するまで、二秒ほどの猶予がある。そのあいだに決着をつけなければ、形勢はずいぶん不利になる。

――けれど、つまらない戦いだ。

無骨は優れたプレイヤーで、その動きは常に最善手を選ぶ。戦いに運の要素が絡《から》みづらい。そして月生は、すでに一度目の七月で――ウラルの死後に、無骨を打ち倒している。すべての仲間たちを殺した結果が、七〇万というポイントだった。

踏み込む。無骨は呆れたように笑っている。彼はもう一方の手に、小さな銃を握っている。射程《シュート》は短く、オーバーランン・エチケットのように広範囲の攻撃ではないが、より威力が高い射撃。

月生はその攻撃に対処することができた。銃口を逸《そ》らすことも、彼の手から銃を弾き飛ばすこともできた。頭の中で明確にその未来を思い描いていた。けれど実際には、月生は無骨の攻撃を受け入れた。

回避の代わりに、ただ一撃。無骨を殴り飛ばす一撃を選ぶ。その踏み込みが、無骨の狙《ねら》いをわずかに狂わせたようだった。

彼が放った光線は月生の右肩を貫き、その先が宙を舞う。片腕になった月生は、けれど残った左の拳《こぶし》で、無骨の腹をえぐっている。重い感触――無骨は仰向《あおむ》けに吹き飛び、アスファルトをすべる。

月生は、奥歯を嚙《か》みしめる。

——手首が、痛い。

激痛。まずオーバーラン・エチケットの一撃で吹き飛んだ右手の、手首から先が激しく燃え上がり、炭化して骨が覗《のぞ》くような。けれどそちらをみると、すでに腕ごとなくなっている。

月生はその場に膝《ひざ》をつき、背を丸めて激痛に耐えた。その痛みはすでに右腕全体に広がっていた。アポリアの演算が狂い、すでにない腕が痛むのか。それとも月生の脳の方が、この痛みを誤って処理しているのか。

どちらにせよ、その高温の痛みの中で、冷たい声が聞こえる。

「ひどい怪我」

ウラル。

彼女の声が続ける。

「貴方は、望めばこの七月の、いつにだって戻ることができる。早く、移動を」

より過去に戻れば、右腕は回復するのだろう。この痛みは消え去って、記憶の中で、甘くほどけていくだろう。

だが、月生は首を振る。

「まだです。あとの三人とも話をしたい」

古川、ミティ、ドロウズ。クリシェを裏切った、あと三人。

「この時間をやり直して、会いにいけばいい」

「ええ。でも」

「なに？」

「この痛みは、捨てるには惜しい」

運営が設定した、架見崎という戦場では、ある種の真理がむき出しになる。

――痛いのは嫌だ。苦しいのは嫌だ。死ぬのは、嫌だ。

けれど、どうしてだろう？

相反する思いもある。無骨から与えられた痛みを抱えたまま、他の三人の前に立ちたかった。これは、歪んだ生への渇望《かつぼう》なのか。それとも自死への誘惑なのか。かつての仲間たちに、傷つけられたいと望んでいる。

ウラルが言った。

「可哀想《かわいそう》な、月生」

その言葉に、救われるような気がした。

4

オリジナルの七月で、月生はウラルの死後に無骨と戦い、彼を殺した。そして多くのポイントを得た。

けれど今回は、そうはしなかった。端末を奪うことで無力化し、彼の元を立ち去った。

あとは適当な民家のベッドに倒れ込み、じっと痛みに耐えていた。ウラルがどこからか包帯をみつけてきて、応急手当をしてくれた。

身体を休められる時間は、そう長くはなかった。無骨の敗北を知った三人――古川、ドロウズ、ミティが動いた。彼らはそれぞれが、「賞品」の独占を狙っているはずだ。なら、必然的に敵対関係になる。けれどまずは手を組み、月生を始末することを決めたようだ。純粋な戦闘力において、ウィンピーメアのトップは月生。次に並んで、無骨とクリシェ。この構図は明らかで、古川たちがまず月生を潰そうとするのは自然だ。

襲撃があったのは、日が暮れてからだった。月生は朦朧《もうろう》とする意識の中で雨音を聞き、彼らの接近を理解した。

ループする架見崎は、同じ天候を繰り返す。本来、七月三日に雨は降らない。けれどあちらの三人のうちひとり――ミティは天候に関する能力を持つ。「クラウドトレード」と名づけられたその能力は、ふたつの日を指定し、その天候を入れ替える。

唐突な雨音は、彼女の戦いの始まりを意味する。目の前に戦闘が迫ると、怪我の痛みがすっと引くのを感じた。肉体の損傷を無視して無理を強要する危険信号――この身体は架見崎に染まっている。

月生がベッドを下りると、ウラルが言った。

「今の貴方《あなた》に、なにができるっていうの？」

月生は笑う。その問いかけは、八月の架見崎で、繰り返し自問してきたことだった。ただ強いだけの強化士《ブースター》に、いったいなにができるのか。

「大したことはできません。ですが、戦いには勝てます」

片腕を失ってもなお、この七月において、月生は最強を自認している。

だがそれは、八月における「最強のアイコン」だった月生とは意味が違う。あの圧倒的なポイントはもうない。ひとりで大手チームと渡り合えるわけではない。やり手三人を相手にして、勝ち切ることができるだろうか。月生はオリジナルの七月でも彼らに勝利しているが、その背景には、無骨から得たポイントがあった。

――とはいえ、別に、それほどの危機感もないな。

八月に比べれば、七月はぬるい。ユーリイ、ウォーター、白猫《しろねこ》――あちらの月は、怪物ばかりだ。

月生は、ウラルに微笑む。

「上手く隠れていてください。彼らも、戦う意思のない貴女《あなた》を相手にはしないでしょう」

ベッドでは眼鏡を外していた。

ぼやけていた視界が、強化《ブースト》の使用と共に鮮明になる。それでも、枕元《まくらもと》の眼鏡に手を伸ばした。それはある種の仮面なのだ、と月生は感じる。ひとりのか弱い男が、最強の強化士《ブースター》であるための仮面。

強化《ブースト》は肉体のすべての性能を高める。意識さえ鋭敏になるのを感じながら、月生は床を蹴《け》る。窓を割って跳び出すと、全身を痛みが叩いた。

――ペインレイン。

クラウドトレードと併用する、ミティのもうひとつの能力。

それは雨粒を高威力の弾丸に変化させる。無数のその弾が、家屋の屋根を、アスファルトを、月生を叩く。絶対的に回避不能な攻撃。――というのは、嘘だ。なぜなら、本当にすべての雨粒が攻撃に変われば、味方まで巻き込んでしまうから。

ペインレインの効果範囲はおよそ一〇〇メートル。位置は自由に変更可能だが、その際には新たな場所を指定して能力を再発動する必要がある。タイムラグはほんの数秒。だが高ポイント強化士《ブースター》の動きを視認してから範囲を合わせることは困難だ。つまりあちらは月生の動きを読み、月生はそれを外す。

――ミティは、自身を守るだろう。

なぜならこちらの定石では、まずミティを狙うことになるからだ。

古川はひとりでも強いが、ドロウズの能力はミティと相性が良い。ミティが天候を操作した状況下で戦うべきではない。だから、早々にミティを落とすべきだ。あちらはそう考えている。

――なら私は、ドロウズから狙う。

それもまた、あちらの想定の内だろう。間もなくミティは月生の動きを察する。けれど、それはかまわない。「あちらの読みを外す」のは、そこではない。

速く――ただ、速く。あちらの想定を超える速度で、ひとり目を落とす。

月生はアスファルトを蹴る。弾丸の雨を跳び出し、先へ。向かうべき場所は明らかだ。一筋の光が夜空を破り、流れる。雨雲からの落雷——ドロウズはその先にいる。

——ああ。なんて。

戦うことは、なんて安らかなのだろう。それは逃避なのだ。思考からの逃避。他の苦痛からの逃避。すべてを忘れて、愚かな衝動に身を任せること。

ドロウズは高いビルの上にいた。彼は、一七歳ほどだろうか、まだ幼さを残す少年の姿をしている。顔立ちは美しく、長い髪を首の後ろで束ねている。体格に特徴的なところはない。けれど、その肉体の周囲で、ぱちぱちと火花が散っている。ドロウズが使う「雷神」は、電気を呼び寄せて自らを帯電させる。

アスファルトを蹴って宙を舞った月生は、ドロウズの前——高層ビルの屋上に降り立って、スーツのジャケットを脱ぐ。

「なぜ、クリシェを裏切ったのですか？」

その質問に、ドロウズは答えない。

彼は一方的に言った。

「嬉《うれ》しいよ。あんたは、オレの憧《あこが》れだった」

言葉が終わる前に、彼は足を踏み出していた。

速い。ドロウズはその身にまとった電気の量で速度を上昇させる。そして、触れたものに電気を流す。雷を身にまとった彼は、速度も攻撃力も今の月生を上回る。けれど。

――ドロウズには、三つの欠点がある。

ひとつ目。帯電によって真価を発揮する彼の「雷神」は、使用機会が乏しい。電線から電力を得る程度では充分に強力とはいえず、能力の最大値を出すにはミティの天候操作と組み合わせ、先ほどのように雷を呼ぶことになる。

使用機会が少なければ、その能力に慣れる時間がない。もちろんドロウズは、架見崎を勝ち抜いたチームの部隊リーダーだ。それなりには動ける。けれど、月生の目からみれば荒い。自身の速度に振り回されている――彼自身もその自覚があるから、動きが直線的になる。

あまりに速いドロウズの拳を、月生は回避する。

その回避に理屈はなかった。目に見えたのではない。肌で感じたのではない。ただ経験があるだけだ。今の月生は一七万程度のポイントしか持たないが、一時は七〇万を超える強化《ブースト》に身を委《ゆだ》ねていた。そのポイントを扱うには、知覚を超えなければならない。過程を飛ばし結果だけを辿《たど》るような戦い。

続く二発目、三発目も回避した月生は、軽く左手を振る。

指先には、懐中時計の鎖が引っかかっている。先ほど上着を脱いだとき、内ポケットから取り出していたものだった。懐中時計がくるんと回り、そしてドロウズの伸びた右手に触れた。

直後、衝撃が、月生とドロウズを同時に叩く。音――巨大な爆音が弾け、耳の奥がきぃんと痛む。鼓膜が破れたのかもしれない。

――ドロウズの、ふたつ目の弱点。

彼は身にまとった電気の行方を操作できない。まったく制御不能というわけではないが、攻撃する意思を持って突き出した拳に何かがぶつかれば、そちらに電気が流れる。

大量の電流がひと息に懐中時計に流れ、先の行き場を失《な》くし、そして爆《は》ぜた。これでドロウズは、電気の大半を失った。

後ろに飛んで月生から距離を取りながら、ドロウズがささやく。

「まだだよ」

空が光り、ぐるぐると唸《うな》るような音が聞こえた。

ドロウズをめがけて、二筋目の雷が落ちる。けれど。

「もう終わっています」

一度、ドロウズに放電させてしまえば、あとの処理は簡単だ。

三つ目の弱点。――ドロウズは、自身の能力を過信している。「雷神」を、攻防兼ね備えた素晴らしい恩恵だと信じている。落雷の先にいる自分には、何者も手を出せないと信じている。そんなわけもないのに。

落雷と同時に、月生の左拳が、ドロウズの顎《あご》を打ち抜いていた。

彼は目を見開き、そして間もなく雷が落ちる。

――驚くことはない。

胸の内で、月生はそうつぶやく。

白猫であれ、ユーリイであれ。あるいはキドや、黒猫《くろねこ》や、ホミニニなんかでも。

八月の最前線で戦った人たちであれば、一様に、このタイミングでドロウズに攻撃を加えるだろう。理屈はきっと、それぞれだ。理科的な知識を持ち出す者もいる。ただ本能に身を任せる者もいる。けれど誰ひとりとして、恐怖で攻撃が鈍りはしない。

雷はドロウズに落ちたが、ほんの短い時間、月生も身体の自由を失った。側撃と呼ばれる現象――電流が宙を飛び、すぐ隣のこちらへと流れたのだろう。月生はふらつき、どうにか踏みとどまる。

――雷自体は、それほどの脅威でもない。

ドロウズの「雷神」の本質は、身にまとった電気に指向性を持たせ、エネルギーのロスを抑えて標的に叩き込める点にある。ただの雷であれば、生身の人間でさえまずまずの確率で生き延びる。

月生は、ふっと息を吐き出す。

みれば、倒れたドロウズの隣に、彼の端末が落ちていた。それを拾い上げた直後、月生の視界が真っ黒に染まる。

――古川。

曲者《くせもの》と呼ばれた強化士《ブースター》。

彼のその他能力《オリジナル》は多彩な罠《わな》を張る。この視力の喪失も、古川の能力のひとつだ。月生がドロウズを打ち倒すことを想定し、罠を張っていた。

片腕を失い、視界を失った。懐中時計が弾けたときの、巨大な音の影響で、耳もあまり機能しない。この状態で古川と戦うのは、無謀とも言えた。闇雲《やみくも》に動けば次の罠を踏み、また肉体の性能が削られる。けれど、迷う時間もない。

月生はしゃがみ込み、そのまま足元――ビルの屋上に拳を落とす。とたん、そこが吹き飛び落下が始まる。

――古川は、どこにいる？

考えろ、と月生は自分に言い聞かせる。

古川は常に最適手を選び、最善の場所に立とうとする。――いや、場所は重要ではない。次の一撃。彼の攻撃。それだけを読み切ればいい。

足が、床に触れる。月生は着地しながら、胸の前に左手をかざす。けれど痛みを感じたのは、腹だった。古川は刀を使う。その刃が深くめりこむ。

――違う。そうじゃない。

月生は内心で苦笑する。古川は、胸か首を狙うべきだった。できるだけ速くこちらの命を刈り取ろうとするべきだった。腹では、しばらく死なない。

月生は左手を前方に突き出す。その先に、古川がいる。彼がどんな姿勢で、どんな風に刀を振るったのか、明確にイメージできる。その表情までわかるような気がした。伸ばした手が、古川に触れる。彼の熱い首筋に。

「なぜ、クリシェを裏切ったのですか？」

月生が繰り返す質問に、古川もまた答えない。

彼は月生に刺さった刀を捻《ね》じり、抜き取ろうとしたようだった。月生は腹に力を込めてその動きを阻害する。同時に、彼の首をつかんだ左手をぐっと握る。

「なぜ。——私たちは、良いチームだった」

そう、月生はささやく。

古川が、ほんの小さな声で言った。

「お前を、仲間だと思ったことなんてなかったよ。お前は、信頼するには、強すぎる」

怪物が、と彼がぼやく。

直後に古川の首の骨が限界を迎え、気味の悪い手触りを残して砕ける。

——どうか、生きていてください。

月生は胸の内でそう祈る。

手を離すと、古川が倒れた。月生は腹に刺さったままだった刀を抜き、傷口を押さえる。血を流し過ぎていた。身体が、冷たい。死が間近にあるのを感じる。

月生はその場に膝をつき、浅く呼吸を繰り返していた。

すでに時間の感覚も失いつつある。古川に奪われた視力が回復するのは二分後のはずだったが、体感ではそれよりもずいぶん早く、視界に光が戻った。あるいはほんの短いあいだ、意識を失っていたのかもしれない。

まだ、雨が降り続いていた。その雨がビルの崩れた屋上から降り込み、月生の腹から流れる血をすすいでいく。月生は古川のポケットから端末を取り出し、立ち上がる。

——あと、ひとりだ。

ミティ。彼女だけ。

腹の傷を押さえて歩く。ゆっくりと。とぼとぼと。敗者のように。

——私は、どうして戦っているんだろう。

勝利を求めているわけではない。誰に恨みがあるでもない。しかも相手は、仲間だった人たちなのに。たしかに月生が愛していた人たちなのに。

——私は、話をしたいだけなんだ。

彼らがクリシェを裏切った理由を知りたい。できるなら、納得したい。それが叶わないとしても、身勝手に、怒ったり悲しんだりしたい。

それだけなんだ。と、思っていた。

けれど、違うのかもしれない。本当はこの身を痛めつけて、死に近づきたいのかもしれない。古川の言葉が耳の奥で反復する。怪物。死に惹《ひ》かれながら、生きる意味を求め続ける、気味の悪い怪物。

やがて、前方から声が聞こえた。

「月生」

顔を上げると先に、ミティがいた。二〇歳ほどの、小柄な女性だ。彼女の顔つきは、いつまでも架見崎に染まらない。生きることへの執着とか、死ぬことへの恐怖とか、怒りとか。そういうものがまったく読み取れない、ごく平和的で日常的な印象の女性だから、ミティは人気者だった。

彼女は柄の細い、白い傘をさしていた。それをくるりと回しながら、屋上を失ったビルに降り込む雨の中を歩み寄る。

月生が壁に背を預けると、ミティが言った。

「ひどい怪我《けが》。もう、ぼろぼろじゃない」

月生は、返事をしようとしたけれど、上手く言葉が出てこなかった。血が足りないのだろう、頭が回らない。

いつの間にか、ミティはもう、目の前にいる。

「それでも、戦えばきっと、貴方の方が強いんでしょうね」

強いとは、なんだろう。

七月においても、月生は最強のひとりとされていた。戦場で敗れたことはなかった。けれど、こんな風に、いつも血だらけで死にかけていた。

――命をかけて、なんのために、私は戦っていたのだろう?

当時の月生にとって、その答えは明白だった。それはチームのためであり、クリシェのためだった。他のすべての仲間たちのためだった。

けれど振り返れば、すべてが虚《むな》しい。まるでままごとのような戦争。フィクションじみた、実際にフィクションの、生命とは呼べない私たちの戦い。

ミティが続ける。

「私は、ギブアップしてもいいんだよ。だってもともと、戦いたいわけじゃない。痛いのは嫌いだし、これ以上、貴方を傷つけたくもない。ひとつだけ、私のお願いを聞いてくれれば、もう貴方の勝ちでいい」

月生は、滑り落ちるように座り込む。

――戦闘の、必要がない。

そう脳が理解したとたん、身体が正常な機能を取り戻したようだった。痛みと、苦しさを思い出す。古川に刺された腹の傷は、致命傷のようにも思えた。そこから下の感覚がなく、先ほどまで、二本の足で立てていたことが不思議だった。

ミティが続ける。

「ウラルを殺して」

月生は、彼女を睨《にら》む。

――どうして？

どうして、仲間の死を望む必要がある？

月生の視線に、ミティはひるんだようだった。わずかに表情を強張《こわば》らせ、怒ったように語気を強める。

「貴方もクリシェも、ウラルに優しかった。でも、私を選んで。だってそうでしょう？

私の方が、先に仲間だった。私の方が、ずっとチームに尽くしてきた。私はこのゲームに勝ちたいわけじゃない。ただ、私を選んでほしいだけ」

月生は、わけもなく首を振る。

それからまた同じ質問を繰り返す。

「なぜ、クリシェを裏切ったんですか？」

ミティが答える。

「だってあの人は、架見崎を終わらせようとしたから」

わけが、わからない。

――私たちはずいぶん長いあいだ、チームの勝利のために戦った。

それはつまり、この架見崎を終わらせるために。

ミティが激しい口調で告げる。

「私は、元の世界に戻りたくなんてない。あそこは最低だった。生まれたときから、嫌なことしかなかった。だから私は、架見崎でいいの。ここで幸せになりたいだけなの。だから、いちばん強い人の、いちばんのパートナーでいたい。――私は、貴方のものになってもいいんだよ。代わりに、私を愛して。その証拠にウラルを殺して」

月生は、数秒のあいだ、ミティの言葉を真面目《まじめ》に理解しようとした。

けれど間もなく諦《あきら》める。あまりに意味が、わからなくて。根本的な価値観みたいなものが、あまりにずれていて。

——けっきょく私は、誰のことも理解していなかったのだ。

仲間だと信じていた人たちのことを、なにも。

ああ。なんだか、ずっと。

「つまらない」

ひどく疲れた。ただ苦しいだけで、その苦しさも間延びしている。いったい、こんな世界で、どんな風に生きる意味をみつけろというのだろう。

月生のささやきを、ミティは拒絶だと受け取ったようだった。

「なら、もういい。勝手に死んで」

ミティが端末を叩《たた》き、雨が変質する。

無数に降る銃弾が月生の身体を叩き、また新たな血が噴き出る。

——間もなく、私は死ぬだろう。

それでもかまわないような気がした。もうこの身体は動かないだろうと思っていた。けれど、月生は立ち上がる。倒れ込むようにミティに近づく。

——どうして？

どうして私は、戦うのだろう。いったいなにに苛立《いらだ》っているのだろう。この、塵屑《ちりくず》のような身体で、なにを求めているのだろう。

月生は左手を伸ばす。目の前でミティが射撃《シュート》を放つ。その一筋が、月生の手首から先を潰す。月生は先端が肉塊になった腕をミティに絡める。

「気持ち悪い」

そうミティがつぶやいた。

月生は、胸の中で答える。

──ええ。私もです。

ずっと気持ちが悪いんだ。吐き気が収まらないんだ。どうして、もっと気持ちよく。私も、あなたも、誰も彼も、正常に生きられないのだろう。

両手を失った月生は、その歯をミティの首に突き立てていた。そのまま、彼女の肉を嚙みちぎる。まるで獣のように、こんなにも気味悪く、どうして私は人を殺すのだろう。

もう、なにもみえなかった。暗転した視界の中で、平衡感覚もなく、立っているのか倒れているのかもわからなかった。

──誰か、上手に私を殺して。

もっと的確に。もっと絶対的に。

けれど、その程度の救いも与えられないのなら、せめて。

──せめて私に、生きる意味をください。

そう祈りながら、月生は意識を失った。

*

月生はもう、自分が生きているのか、死んでいるのかもわからなかった。

なにもみえない。身体も動かない。それがまだ存在しているのかもわからない。

ただ、意識だけはある。間延びした苦痛を、それは絶望のようなものを感じ続ける意識だけ、暗闇に浮かんでいる。これが死ではない根拠が、いったいどこにあるだろう。

けれど、やがて、声が聞こえた。

「まだ、戦うの？」

ああ。それは、ウラルの声だ。

彼女がすぐそこにいる。

「もう疲れました。けれど、貴女が望むなら、私は戦ってもいい。いくらだって、苦しみ続けてもいい」

なぜなら私は、貴女たちの人形だから。

架見崎というショーケースの中で、歯車が回る通りにかたかたと身体を動かして、必死に彼女の気を惹こうとしている。その日々に、もう疲れ果てている。けれどゼンマイバネが伸びきってしまうまで、動きを止める理由もない。

ウラルが答える。

「そうではない。月生。貴方は、貴方自身のために生きなければいけない」

彼女は、なんて難しいことを言うんだろう。

――この身体に命はなく、もう私に希望もない。

なのに、いったいどうすれば、自分のために生きられるというのだろう。

ウラルはいつもの冷たい声で、静かに続ける。

「貴方はもう、諦めてしまってもいい。このまま八月に戻っても——自ら死を選んでも、貴方の意思は尊重される。もちろんこの七月を、好きにやり直してもいい」

本当は誰かに、できるならウラルに、なにもかもを奪われたかった。

自由意志も、自我のようなものも、この命も。なにか強い力で、月生という存在を終わらせてほしかった。けれど、なぜだろう、まだ自死を選ぼうとは思えなかった。

——つまり、私にはまだ、希望があるのだろうか。

生きることに、意味を見出《みいだ》しているのだろうか。

まるでなにもかもが無意味にみえても。ひどくつまらなくても。

——なら、もう少しだけ、もがいてみよう。

すべての希望を失うまで、もう少しだけ。

5

それから月生は、繰り返し七月をやり直した。

思いついたことを、順に、ひとつずつ試していった。

あるときはクリシェとの出会いから始め、彼のすべてを知ろうとした。無骨や古川、ドロウズ、ミティと、それぞれ親しくなることを目的としたこともあった。七月の架見崎を自由に、何度だってやり直す権利を得た月生には、無限の時間があった。いくらだって彼らと話し合うことができた。なにか選択を間違えたならやり直し、最良を求め、皆の心を開かせることができた。

かつての月生にとって、クリシェは理想的なリーダーだった。けれど改めて向き合うと、足りない点もみつかった。彼はところどころ利己的で、独善的で、幼さも持ち合わせている。それでも月生は、やはりクリシェを愛していた。彼を友人と呼ぶことに、躊躇《ためら》いはなかった。

他の人たちも、それは変わらない。無骨は時に冷徹だが、根っこには優しさがある。ただ彼の中の優先順位において、架見崎で出会った仲間たちよりも、記憶の中の家族たちが上に位置しているだけだ。ドロウズは幼い。強さに憧れ、ヒロイックな思想に酔いしれるところがある。けれど、その幼さが、彼の魅力でもある。古川は、過去にひどい裏切りを受けたことがあるようだ。だから誰も信用しない。上辺だけ仲が良い風に振舞うことは上手だけれど、誰にも心を開いていないようだった。でも彼と本当の意味で親しくなったなら、意外に多弁で、感情的な顔もみせるようになった。ミティは、普段の彼女の朗らかな印象に反し、本質的な価値観が歪んでいる。独占欲が強く、気に入らないものには極端に攻撃的になる。その傾向は、彼女の過去に起因している。架見崎を訪れる前の世界において、彼女はひどい虐待《ぎゃくたい》を受けていたようだった。月生にとって、ミティは理解し難い存在ではあるけれど、やがて心から同情できるようになっていた。

同じように他のチームメイトに対しても、月生はそれぞれ理解を深めていった。誰にだってそれぞれ事情があり、それぞれの思惑がある。けれど、心から悪人だと感じる人は誰もいなかった。ただ、人は時に間違い、時に暴力的になる。それだけだった。

ひとりひとりの個性を知ってしまえば、クリシェへの裏切りを回避することは難しくなかった。月生はやがて、ひどく安全で効率的に、ウィンピーメアというチームを運営できるようになっていた。それは、喜ばしいことのはずだ。けれど不思議と、幸福は感じなかった。

それからも月生は、試行錯誤を続けた。

ひたすらに強くなることで、チームの誰も傷つかない世界を試した。反対に、月生自身は戦いを放棄して、安らかに七月の終わりまで過ごしたこともあった。繰り返せばそれだけ七月の架見崎への理解が深まる。「攻略」が楽になる。それでも、まったく、心は満ちなかった。

――まだ足りない。まったく足りない。

知れば知るほど、七月を上手に攻略するほど、むしろ幸福は薄らぐような気がした。すべてが想像の範囲内に収まり、達成感はなかった。

それでも月生は七月を繰り返した。生きる意味を探し続けていた。チームに起こるほんのささやかな問題を、すべて丁寧に潰して回った。完璧《かんぺき》な楽園を手にしようとした。

二〇〇ループほど経《た》つころには、すでに月生にとって、七月にはなんの未知もなくなっていた。

チームにわずかな被害も出さないまま架見崎を勝ち切ることは容易で、チームメイトたちにどんな言葉をかければどんな反応が返ってくるのか、すべてを熟知していた。

それでも月生は、七月を繰り返す。

ただ、無意味に。なんの目的も持てないままに。

その時間の中で、やがて、月生は本質的な問題を理解する。

——つまり、これがアポリアなのだ。

なにもかもが思い通りになる世界。想定されたハッピーエンドに至る世界。

ウィンピーメアは、もう何度目かもわからない、完全な勝利を手にする。仲間たちは誰もが信頼し合い、純粋に喜び合う。かつて熱望したはずの、その笑顔に、月生はもうなんの価値も感じない。月生には後悔も希望もなく、すべてに飽きている。

——あるいは、アポリアは。そして香屋歩は。

月生に、生きる意味を提示したのではないのかもしれない。

そんなものはどこにも存在しないのだと、証明しただけなのかもしれない。

「もう、お終《しま》いにしましょうか」

そうウラルが言った。

月生は首を振る。

「最後に、もうひとつだけ」

実のところ、香屋歩から、ある「実験」の依頼を受けていた。

本当はそんなもの、無視してしまってもよかった。月生にとって価値を見出せるものではなかった。それでも月生は、あの少年の望みを叶《かな》えることにした。

——どうして、いまさら？

そう自問する。

もしかしたら香屋の指示に従う先に、自身の喜びがあるような気がしたのだろうか。生きる意味なんて、大袈裟《おおげさ》なものではない。よりささやかで、つまらないもの。けれどまったく無価値ではないもの。

すべてを知り、意味を失った七月ではない。あのハードな八月においてささやかに感謝されることに、少しだけ、期待したのかもしれない。

「でも、他人のために七月を終えてもいいの？」

ウラルの言葉に、月生は微笑《ほほえ》む。

「はい。つまり、私は貴女の期待には応《こた》えられなかったということでしょう」

彼女たちが探すもの。生命のイドラ。

月生には、それへの道筋を、もう想像することもできない。

6

八月。一二二ループ目。二四日、午後八時。

教会の一室で、香屋歩は秋穂栞《あきほしおり》と共に、ソファーに腰を下ろしていた。向かいのアームチェアには月生が座っている。ソファーとアームチェアのあいだのローテーブルには、あのアニメのＤＶＤと、温《ぬる》くなった三本のコーラがある。香屋は自身の考えをまとめるために、そのうちの一本に口をつけた。

直後、向かいの月生が、足を組んでゆったりと微笑む。

「今。七月から、帰ってきました」

その言葉に、香屋は口を歪《ゆが》める。

――上手《うま》くいった。アポリアの説得に成功した。

それは劇的な意味を持つ。状況を、一変させる意味。けれどかすかな不安もある。目の前の、二度目の七月を経験した月生と向き合うことが、怖い。

震える声で香屋は尋ねる。

「生きる意味が、みつかりましたか？」

それは愚かな質問だ。もしも本当に月生がそれをみつけていたなら――「七月の賞品」を受け取っていたなら、彼は消えてなくなっているはずだから。

月生は首を振る。

「なにも、みつかりませんでした」

「そう。よかった」

「どうして？」

「貴方がいなくなってしまうのは、悲しいから」

月生は、香屋の言葉について熟考するように、しばらく目を閉じていた。

それから言った。

「頼まれたことは果たしました」

「ありがとうございます」

「貴方は、どんな方法でアポリアを騙《だま》したのですか？」

「騙す？」

香屋には、月生の言葉の意味がわからない。香屋自身がアポリアによって演算されている存在なのだから、騙しようなんてないんじゃないかという気がする。

けれど月生は、自分の推測に確信を持っているようだった。

「ほかには考えようがないでしょう。貴方の目的は、私を七月に送り込むことだった。アポリアに七月を再演算させることだった、と言い換えても良い」

「はい」

「アポリアは貴方のアイデアを受け入れ、七月を再演算しました。けれど、私の賞品はみつからなかった。はじめから七月に、私の生きる意味なんてものはなかったのです。つまり貴方はアポリアに、偽りのアイデアを信じ込ませたことになる」

なるほど、と香屋は胸の中でつぶやく。

――月生さんは、根本的なことを勘違いしている。

けれどそれは、良い勘違いだ。そのままでいてくれた方が、都合が良い。

月生がコーラに手を伸ばしながら、重ねて尋ねた。

「なぜアポリアは、貴方に説得されたのですか？」

香屋は、ソファーの背もたれに身体《からだ》を預ける。適当な言葉で誤魔化そうかと思ったけれど、嘘《うそ》は得意ではない。嘘というのはリスクが高すぎて、あまり実用的なスキルには思えないから、経験が足りないのだ。

仕方なく、素直に答える。

「話したくありません」

月生は、さすがに気を悪くしたようだった。

コーラに口をつけながら、わずかに目を細める。

「七月は、私にとっては苦しいものでした。けれど、貴方のために、ずいぶん働いたつもりですよ」

「はい。ありがとうございます」

「どうして、話したくないのですか？」

実のところ、その理由さえ話せない。だって。

――それがきっと、貴方の「生きる意味」に繋《つな》がっているから。

そして月生は、「生きる意味」に到達すると、消えてなくなってしまうから。彼はここで足を止めなければならない。

だから、首を振って答える。

「ごめんなさい。言えません」

そう口にしながら、胸の中で震えていた。

——ああ。月生さんに嫌われる。

このとっても強い人に。これまで、無力な僕の味方でいてくれた人に。

月生はしばらく——ずいぶん長いあいだ、足を組んだままこちらをみつめていた。けれどやがて、眼鏡の位置を直して立ち上がる。

「私は、少し疲れた。休ませていただきます」

彼はそのまま、退室しようとしたようだった。

香屋は眉《まゆ》を寄せて、その背中に尋ねる。

「月生さん。貴方は、死にませんよね？」

彼は足を止めて、肩越しに、冷たい瞳《ひとみ》をこちらに向けた。

「どうして私は、死んではいけないのでしょうね？」

その言葉に、香屋は答えられない。答えを探すまでもないような、つまらない質問に思えた。けれど、いつまでも、悩み続けなければならないような質問でもあった。

——こんなことは、本質じゃないんだ。

そうわかっていながら口にする。

「月生さんがいなくなると、僕はウォーターに勝てない」

こんなこと、彼には関係がないだろう。実のところ、香屋にとっても本心ではない言葉だった。もちろん月生は今でも香屋の切り札であり続けている。けれど、そんなことではなくて。

――僕は、この人が好きなんだ。

この、強くて悲しい人が。だから死んで欲しくない。

月生は、疲れた風に笑う。

「七月の最後に思い出したのは、貴方のことでした。貴方から頼まれていた、いくつかの雑務のことです」

「ありがとうございます」

「まだ、仕事が残っていた。――私が生きている理由というのは、ただその程度のことなのかもしれない」

そして彼は、再び香屋に背を向ける。そのまま、ドアの方へと歩み去った。

――月生さんは。

もしかしたら、本当に、もう消えてなくなりたいのかもしれない。生きる意味をみつけて、満足して、そして綺麗に消滅する。こんな風な結末が、彼にとってはハッピーエンドなのかもしれない。

けれど香屋は、それを受け入れられない。

どれだけ苦しもうが、悲しもうが、月生という人間がここにいる。――いや。もし僕たちが、人間でさえなかったとしても。それでも。まるで、人間のような意思を持つ僕たちが存在していることを、無価値だとは思いたくない。

月生が退室し、ドアが閉まった。

それから、不機嫌そうに秋穂が言った。

「ずいぶん危ない橋を渡るじゃないですか。香屋のくせに」

「月生さん、どれくらい怒ったかな」

「わかりませんが、これまで通りってわけにはいかないんじゃないですか？」

秋穂が立ち上がり、向かい――先ほどまで月生が座っていた席に移動する。肘置《ひじお》きで頰《ほお》杖《づえ》をついて、言った。

「で？　私にはネタばらししてくれるんですか？」

「なんの？」

「だから、アポリアを説得した方法ですよ」

「それはだいたい君から聞いたんだけど」

「どういう意味です？」

「君が言ったんだ。もし生きる意味なんてものを知っていたら、それが簡単に、死ぬ理由にもなるって」

「よくわからないから、ゼロから説明するつもりで話してください」

香屋は頷《うなず》いてみせたけれど、頭の中で考えたことを言葉にするのは、なかなかに難しいことだった。それでもどうにか、自身の考えを言葉にする。

　こんな話だった。


　人は、生きる意味がないから死ぬんじゃない。

　生きる意味に、手が届かないから死ぬんだ。

　秋穂の言葉を香屋なりにまとめると、こうなる。そしてまとめてしまえば、なんて当たり前なんだろうと感じる。

　だいたい「生きる意味がない」なんてことが、あるだろうか？

　そんなの、なんだっていいんだ。仕事で成功したい。家族を幸せにしたい。素晴らしい恋人を手に入れたい。嫌いな奴《やつ》を見返したい。連載マンガの続きを読みたい。――なんだって願望があったなら、それが生きる意味になる。

　そして人は、誰だって願望を持っているものだ。もしもなんの願望も持たない人間がいるとすれば、そんな人こそ死にはしないだろう。望みがなければ、失望も絶望もない。

　――だから、「生きる意味がない」なんて言葉を、額面通りに受け取っちゃいけないんだよな。

　その言葉には裏がある。

　たとえば、月生は自身の願望の価値を、信じられなかったんじゃないだろうか。

きっとあの人にも、願望はあった。もしも仲間たちが誰も裏切らなかったなら、とか。もしも大切な人が死ななかったら、とか。七月の悲惨な出来事の改変を、繰り返し想像していたはずだ。でも、もしもその「イフの歴史」が実現しても自分は幸せになれないと、あの人はどこかでわかっていたのではないだろうか。

たぶん、その理由はシンプルで。今さら七月をどう改変したところで、「仲間割れが起きた」という過去は変えられないからだ。あとからどれだけ都合の良い世界を作っても、記憶に刻まれた傷みたいなものは、あの人に残り続けるからだ。

とっても上手に七月をやり直したとして。目の前で、かつてのチームメイトたちが笑っていたとして。でも、少し違う歴史を歩むと、仲間たちが自分を裏切ることを、あの人はもう知っている。癒《い》えることのない傷。

つまり。

――願望自体が、ずれてるんだよな。

すでに終わってしまった七月を、いまさらどう改変しようが、あの人は幸せにはなれない。なのにずっと、七月のことばかりを考えている。一方で心の奥底じゃ、七月が自分を幸せにしないことに気づいているから、生きる意味にはなり得ない。

きっとこういうのは、そう珍しいことでもなくて。「生きる意味」なんて馬鹿《ばか》げたことを考え始めると、大勢が陥ってしまう問題なんだろう。過去の出来事に囚《とら》われて、そこに自分のすべてがあるような気がしてしまって、固執して。そして本当に幸せと呼べるはずのものが、目に見えなくなってしまう。

——これもきっと、イドラなんだ。

歪んだ先入観であり、間違った偏見。

生きることの意味を、取り違えさせるイドラ。

だから香屋は、そのイドラを殺そうとした。


香屋が長い説明を終えると、秋穂は困った風に眉を寄せて、それから軽く首を傾《かし》げてみせた。

「それで？　貴方《あなた》はけっきょく、なにをしたんですか？」

した、というか、思いついただけだ。

香屋が頭で考えたことは、アポリアの思考の一部と言える。そして、その発想に検証するだけの価値を見出したから、アポリアは七月を再演算した。

「僕は月生さんの想像を、みんな否定したかった。これが生きる意味なんじゃないかってあの人が想像していることを、みんな」

こうしたら自分は幸せなんじゃないか？

こうなることが、自分の望みなんじゃないか？

あの人が抱くそんな想像を、ひとつずつ現実にして、そして否定していく。

——ね、違うでしょ？　こっちも、違うでしょ？　世界が貴方の想像通りでも、貴方はちっとも、幸せにはなれないでしょ？

この証明が、七月の再演算の価値だった。

なにをイメージしたのだろう、秋穂が傷ついた風に顔をしかめる。

「そんなことをして、なんになるんですか？」

決まっている。

「月生さんの願望が、白紙に戻る」

香屋なりに、ずいぶん真面目に考えたんだ。月生の、生きる意味。

けれどみつからなかった。だから、考え方を変えた。

「だって、こうするしかないでしょう？　生きる意味になり得る願望なんて、本当は未来にしかないはずなんだよ。なのに月生さんは、過去のことばかりを考えていた」

「ええ。それで？」

「だから、僕は月生さんの過去を、みんな否定すればいいんだと思った」

あの人が未来をみるために、過去にあった偽物の希望を、みんな。

秋穂は疲れ果てた顔つきで、長いあいだ、こちらを睨みつけていた。やがて、ふっと息を吐いて、言った。

「なら月生さんの生きる意味は、もうすぐみつかるんですか？」

「わからない。――僕は、みつかって欲しくない」

「あの人が消えてしまうから？」

「うん。だから、生きる意味なんて考えずに、ただ毎日を暮らして欲しい」

「でも、そんなわけにはいかないでしょう。あの人は、いつまでも自分が生きている意味を考え続けるでしょう」

「かもね」

「そして、もしも月生さんが生きる意味をみつけたなら、それは貴方のせいです」

ああ。きっと、そうなのだろう。

もしも月生が過去に固執したままだったなら、それがあの人を守る盾になった。あの人はいつまでも、自身が生きる意味には到達できず、架見崎に留まることができた。

けれど香屋は、その盾を壊した。

――過去は、貴方を幸せにしない。

七月の再演算で、そのことを証明した。

月生はまだ、自身の変化に無自覚的なのかもしれない。けれど、その変化自体は確実に訪れているはずだ。

秋穂は、困った風に続ける。

「善悪みたいなことは、私は知りません。どうなるのが月生さんの幸せなのかも、知ったことじゃありません。でも、香屋。貴方がしたことを、貴方自身は許せるんですか？」

香屋は顔をしかめる。

――許せないよ。

そう答えられれば、気楽だった。

わざわざ月生を死に近づけるようなこと、本当ならしたくなかった。間違え続けていることであの人が守られるなら、ずっと間違っていれば良いんだ。けれど他の方法は思いつかなかった。この、八月の架見崎の状況を劇的に変える方法を。あのトーマを、上回る方法を。

香屋は答える。

「僕は、いつも通りだよ。ただ怖いだけだ。怖いから、周りにいる人に助けてもらっただけだ。これまでしてきたことと、なにが違うっていうんだ」

人が死ぬ可能性を知っていながら、戦いのプランを立ててきたことと。実際に、戦場で死んでいく人たちをみてきたことと。今回、月生にしたこと。そのあいだに、いったいどれだけの差があるっていうんだ。

けれど秋穂は首を振った。

「これまで貴方は、一度も、仲間を危険に晒《さら》す方法を選ばなかった」

本当に？　――香屋は、胸の中で自問する。

これまで、そんな視点で自身のやり方を考えたことはなかった。架見崎ではいつも追い詰められていた。いつも必死で、いつもやれることをやってきた。本当に追い詰められたときに、香屋自身にとってもっとも安全な方法がひらめいたなら、それがどれだけ親しい人を危険に晒す方法でも選んだはずだ。

けれど秋穂は断言する。

「今回が、初めてです。貴方が、自主的に仲間を危険に晒すのは。それはやっぱり、私たちが、本当は生きてはいないからですか？」

わからない。そんなことを、言われても。

考えてもみなかった。

——僕にとって。

月生の命は、軽いのか。現実とアポリアとの関係を知って、自分たちの命は、軽くなったのか。香屋は首を振る。

「知らないよ。そんなの。僕は、僕にできることをしただけだ」

トーマの攻め方は脅威だった。まともなやり方で、確実にアドバンテージを取る方法は思いつかなかった。だから、七月の再演算にかけた。

秋穂は、香屋への追及を諦めたようだった。代わりに尋ねる。

「これで、食料問題は解決しますか？」

「どうかな。もう結果は出ているはずだよ」

香屋は運営から説明されていない架見崎のルールについて、仮説をひとつ持っていた。

——この街の建物がはじめから壊れているのは、前の月の被害を、そのまま受け継いでいるからではないか？

これまで一か月ずつ、ゲームに決着がつくまでループを続けてきた架見崎。けれどその最終ループで受けた被害は、修復されるタイミングがない。その次の月に持ち越される。

つまり、八月の架見崎には、これまで七か月ぶんの最終ループの被害が残っている。

なら、七月の終わりで建物を守れば、八月の架見崎にもその建物が存在する。

もともと、七月の最終ループでは、大きな戦いが発生していた。月生と、その仲間たちの戦いだった。無骨というプレイヤーは極めて範囲が広い射撃《シュート》を使ったという。ミティというプレイヤーは天候を操り、ドロウズというプレイヤーはその雨雲から雷を落としたという。そして月生という高ポイント強化士《ブースター》が、彼らを相手にして全力で戦っている。

その被害をすべて取り除けば、これまで八月の架見崎では壊れていた建物が——スーパーマーケットやコンビニエンスストアが、ふいに現れるかもしれない。

月生が綺麗に七月を終えることで、トーマが仕掛けた食料危機が解決することを、香屋は期待していた。

「けれど、まあ、そちらはおまけみたいなものだ」

上手くいかなくても、別に良い。

本当の目的は、別にある。

秋穂がテーブルに手を伸ばす。三本の温いコーラの隣に、DVDのケースがある。

——ウォーター&ビスケットの冒険。

銀縁《ぎんぶち》からのメッセージが、一二四ループ目に現れる予定だったそれ。

トーマは一〇〇〇食ぶんの食料の返還を条件に、一二四ループ目までに、DVDを差し出すことを要求した。香屋はそれに応じながら、けれどトーマよりも先に、銀縁からのメッセージを確認する方法を考えた。

やり方は、ふた通り。

さっさとDVDをトーマに差し出して、けれど一二四ループ目までにそれを再び奪い返して自分たちのものにするか。あるいは、一二四ループが訪れるよりも先に、銀縁からのメッセージを出現させるか。

——僕はいつだって、より安全な方を選ぶ。

つまり、今回は後者を選んだ。

秋穂がDVDのケースを開く。

「では、確かめてみましょう。貴方の推測が当たっているのか」

アポリアが七月を再演算することが、重要だったわけじゃない。

主題は「八月の架見崎」を演算しているアポリアの計算領域を、別の用途に使わせること。つまり、八月の架見崎の演算を止めること。

一時的に八月の架見崎の時間を止めてしまえば、現実の方だけが先に進む。

エピローグ

およそひと月ものあいだ、トーマは感動に震えていた。

――いったい、誰がこんな方法を思いつくだろう？

香屋歩《かやあゆむ》のほかの、誰が。

ルールの穴をつくなんて話じゃない、完全に盤面の外の戦い。魔法のように時間を捻《ね》じり、前提そのものを書き換える、圧倒的にオリジナルなやり方。

架見崎《かみさき》内の時間で、八月の一二二ループ目、二四日、午後八時のころだった。

ふいにトーマは、あの世界から追い出された。アポリアが架見崎の演算を止《や》め、現実へと連れ戻されたのだった。どうやらアポリアが、「別の目的」のために、八月の架見崎の演算を一時的に中止する決断を下したようだ。

――L124 hungry?

あのメッセージを知ったときから、トーマにも明白なことがあった。

一二四ループ目が指定されている事情。それは、彼――桜木秀次郎《さくらぎしゅうじろう》の立場で考えると、当然のことなのだ。

現実に比べて、架見崎の時間の流れは速い。およそ三〇〇倍――現実の二時間三〇分ほどで、架見崎内では一ループに当たる三一日が経過する。一方、アポリアには一日に八時間までという使用制限があるため、運営は三ループに一度の頻度で架見崎の演算を止め、参加者を休ませている。

　前回、この「休憩」が入ったのは、一二〇ループを終えたときだった。本来であれば、次の休憩は一二三ループの終わり。つまり桜木秀次郎が「現実」での作業をたった一日で終えたとしても、それが架見崎に反映されるのは一二四ループ目になる。

　だから彼は、一二四ループ目にあのDVDを確認するようメッセージを残したのだ。よってこの時間は、動かしようがない。トーマはそう思い込んでいた。

　――でも、香屋はそうじゃなかった。

　なんらかの方法で、アポリアが八月の架見崎を演算するのを止めさせた。現実の方の時間だけを先に進めると、当然、一二四ループ目よりも早く桜木秀次郎のメッセージがDVDに現れる。

　トーマは実にひと月ものあいだ、架見崎の外で生活を送った。そのひと月間で、桜木秀次郎には、いったいどれほどのことができただろう？

　――DVDを巡る戦いは、私の負けだ。

　問題は、そこに現れるメッセージが、どれほどの価値を持つものなのか。

　トーマの興味は、そこにあった。

＊

再開した架見崎で、トーマはさっそく、驚くべき報告を受けた。

——平穏な国に、新たなスーパーマーケットが現れた。

いや。この表現は、正確ではない。大きく破壊され、ほとんど食料がみつからない廃墟《はいきょ》となっていたスーパーマーケットが、ふいに綺麗《きれい》に修復された。それによって、平穏な国は食料問題を大幅に改善する見通しだという。

これでは、食料とDVDを交換する話も白紙になるだろう——と、そうトーマは考えていた。今となっては、平穏側があのDVDを手放す理由なんてなにもないはずだ。

けれど、この予想は外れた。平穏な国はまるで何事もなかったかのようにスムーズに、食料とDVDの交換の準備を進めた。

トーマの目からは、食料問題の解決で、平穏側が態度を軟化させたようにみえた。たとえばこれまで遅々として話が進まなかった、それぞれの捕虜——紫《むらさき》とスプークスの交換の件も、ひと息に話がまとまった。おそらくあちらとしては、食料問題の切り札として紫を使うつもりだったのだろう。けれど食料確保の目途が立ったため、スプークスを取り戻すことを優先した。

それは世創部側も望むことだった。紫の身の安全は、トーマにとっても極めて優先度が高い。

二九日には食料とスプークスを乗せたトラックを送り出し、代わりにDVDを手にした紫がやってきた。彼女は不機嫌そうな――なんだか、拗《す》ねたような顔つきで言った。

「ご迷惑をおかけして、申し訳ありません」

トーマは笑って首を振る。

「オレの方が悪かったよ。やっぱり、平穏にはひとりで行くべきだった」

「というか、食事会をキャンセルするべきでしたよ。貴女《あなた》は」

たしかにそうかもしれない。

リリィとの約束は、とても重要だけど、仲間を危険に晒《さら》す方がより悪い。これは、今後の反省点だ。

「平穏での生活は？」

尋ねると、紫は苦笑する。

「とってもお腹《なか》が空《す》きました」

まあ、それはそうだ。自分たちのチームが飢えている状況で、敵チームの捕虜に充分な食事を与えられるわけがない。

たしかに紫は、よく痩《や》せていた。頬がこけ、髪にもつやがなく、少し歳《とし》を取ったようにみえた。でも、とにかく無事でよかった。彼女の疲労も、数日後のループを迎えれば回復するだろう。

――さて。問題は。

その紫が運んできた、「ウォーター&ビスケットの冒険」のDVDだ。それを香屋があっさりと手放したことが不思議だった。

すでに食料問題がある程度解決した平穏に対して、たった一〇〇〇食の食料を差し出すだけでこのDVDが手に入るというのは、都合が良すぎる。中に現れたメッセージがどれほど無価値なものだったとしても、こちらはその中身を知らないのだから高い対価を支払うしかない。香屋であれば、もっと足元をみた値つけをしそうなものだけど。

――ま、悩んでも仕方がないか。

トーマはコーラとポップコーンを用意して、そのDVDを再生した。

画面には青地に白い文字で、よくある警告文が表示される。――このDVDビデオの複製および、家庭で視聴する他の目的での使用は法律で固く禁じられています。

続いて、メニュー画面が表示される。全話視聴のボタンや各トラックを選択して再生するボタンに加えて、見覚えのないものがひとつ、追加されている。

――特報。

とだけ書かれたそのボタンに、トーマは震える。伝説の――少なくとも、トーマにとっては伝説のアニメの、特報。

当然、緊張していた。

トーマはコーラに口をつけてから、その特報のボタンを押した。

ガガ、とDVDプレイヤーが小さな音を立てて、画面が切り替わる。映ったのは、アニメではなかった。どこか、応接室のような部屋の実写映像だ。

ローテーブルを挟み、椅子《いす》に腰を下ろしたふたりの男が向かい合っている。公開を目的としたインタビュー映像というより、私的な記録のような印象を受けるのは、おそらくそのふたりにカメラを意識している様子がないからだろう。

この時点でトーマは、桜木秀次郎からのメッセージが、想像を超える価値を持つことを確信していた。加えて、香屋が簡単に、このDVDを差し出した理由もわかったような気がした。

向かい合ったふたりの男の両方を、トーマはよく知っていた。

左側に座るのは、桜木秀次郎だ。彼はイド、あるいは銀縁《ぎんぶち》として架見崎にいたころと、ほとんど同じ姿をしている。ただ服装はノーネクタイの明るめのスーツで、やはり印象は違う。そこにいるのは架見崎の伝説的な検索士《サーチャー》ではなく、あくまでアニメ監督としての彼だった。

けれどトーマが驚いたのは、もう一方だ。

そこにいるのは、トーマの——冬間美咲《とうまみさき》の、父だった。冬間誠《まこと》。アポリアの開発者。彼はリラックスした様子の微笑《ほほえ》みを浮かべている。

——なぜ、父さんが。

桜木秀次郎と、向かい合っているのだろう？

先に口を開いたのは、父の方だった。

「では、制作されなかった二話ぶんの脚本は、存在しないのですか？」

おそらくこの手前にも、ふたりの会話はあったのだろう。その記録を一部だけ切り取った印象だった。桜木が答える。

「そうですね。脚本としては書いていません」

「アイデアはある？」

「どう答えればいいのかな。やりたいことは、はっきりしていました。けれど、作るつもりはありませんでした」

「どうして？」

「作品としてもエンターテインメントとしても、あまりに不完全ですから」

彼らが何について話しているのかは、よくわかる。

アニメ「ウォーター＆ビスケットの冒険」は、全二四話の作品だ。けれどもともとは、二六話までの制作が予定されていたと言われる。

カットされた二話は、タイトルだけが知られている。


二五話、すべての死は罪なのか？

最終話、生命のテーマ

桜木が続ける。

「これは比喩《ひゆ》的な表現ですが——本当は、ラストシーンを真っ黒な映像にしたかったんです」

「黒?」

「はい。何十秒間かの、ただの黒。声も音もない、なにも映さない画面。そこに意味を持たせる構造を、最後の二話で作りたかった」

桜木秀次郎が、幻の二話ぶんについて語っている。これは、すべてのあのアニメのファンが待ち望んだ映像だ。

父が尋ねる。

「つまり、すべてが消えてなくなることに意味があるということですか?」

「というか、映るでしょう? 黒い画面には、鏡のように、その手前の景色が。リビングとか、テレビをみている人の顔とか、まあいろんなものが映り込むんです。本当は視聴者それぞれの姿をテレビに映せるといいんですが、できないから、それで真っ黒な画面をイメージしていました」

「あくまで、比喩的な表現なんですよね? 先ほどおっしゃった通り」

「はい。つまり、どうすればこの物語を手放せるのかということを考えていました」

「手放す」

「ウォーターやビスケットが、あるいは作り手である私たちが視聴者に向かって語りかけるのでは、足りないように感じていたんです。生命のテーマとは、人それぞれ、聞こえ方が違うはずです」

とくに代り映えしない、字幕さえ入らない画面を、トーマは頭痛がするほど真剣にみつめる。

——桜木さんは今、とても大切な話をしている。

つまり、アポリアが命題として掲げる「生命のイドラ」に繋《つな》がる話を。

画面の中で、父はしばらく沈黙していた。けれど、やがて言った。

「それは、わかるような気がします。私も同じように考えて、アポリアにある修正を加えました」

「なるほど。それは、どんな修正ですか？」

「アポリアは、放っておけばまだまだ性能を高めていたでしょう。現状、あれの中で演算される世界は現実のおよそ三〇〇倍の速度で進みますが、その時計の針をより速く回すこともできました」

「聞いたことがあります。アポリアには機能制限がある、と」

「はい。でも私の考えでは、あれは制限ではありません」

トーマは音を立てて唾《つば》を呑《の》む。

——なぜ、冬間誠はアポリアに制限をつけたのか？

その成長を、止めてしまったのか。

これは長いあいだ、冬間誠の謎《なぞ》とされてきた。様々な推測が語られながらも、誰も正解を知らなかった。けれど。

　映像の中の父は、その解答を、あっさりと口にする。

「ひとつの世界を速く、正確にシミュレーションするという機能を、私はアポリアに求めていません。速度も正確さも重要ですが、その点では、すでに完成されている――もう充分だと考えています。そこで、アポリアの成長に、別の指向性を与えた」

　その答えを、トーマはすでに知っていた。

　――アポリアは「ひとつの世界」の演算能力の成長を止められた代わりに、架空の世界の数を莫大《ばくだい》に増やした。

　縦に成長できなくなったから横に伸び始めた、なんて表現される、父がアポリアに与えた制限の影響。

　桜木が答える。

「貴方《あなた》は、アポリアが演算する世界の数を増やしたかったんですね？」

「はい。その通りです」

「いったい、どれくらいの数まで？」

「世界の総人口と同じ」

「つまり、アポリアによってひとりひとりが個別の世界を持つ未来を、貴方はイメージしている」

「そうですね。そうなるまで、一〇年はかからないでしょう」

「どうして、すべての人がアポリアの世界を持つ必要があるんですか？」

「きっと、貴方が物語を手放そうとした理由と同じです。貴方はどうして、『ウォーター&ビスケットの冒険』を手放したかったのですか？」

映像の中で、桜木は、しばらく沈黙していた。

答えに窮していたわけではないだろう。彼にとってはあまりに明白な答えと、父の思惑を照らし合わせ、納得するための時間なのではないかとトーマは感じた。

桜木が答える。

「あの物語の結末は、ひとりひとり、別の形をしているから」

それに、父が頷《うなず》いた。

「同じです。私も、アポリアから問いかけられる命題への解答は、ひとりひとり、別の形をしているのではないかと考えました。だから人間の数だけ、アポリアの世界を用意することにしました」

思うままの人生の、完璧《かんぺき》なシミュレーションを人類に与える、アポリアの命題。

完全に満ち足りてしまうことによって起こる、生命の希薄化。

それを解決するための「何か」。

運営が、生命のイドラと名づけたもの。

――それは、人の数だけ存在する。

だとすればこの架見崎に、意味はあるのだろうか。香屋たちに、いったい、どんな答えを見つけ出せるというのだろう。

桜木は――トーマにとっては伝説のそのアニメ監督は、ゆっくりと首を振る。

「けれど私は、その結末を捨てたのです」

これまでほとんど動きのなかった父が、わずかに身を乗り出す。

「どうして？」

反対に、桜木の方は、椅子の上でわずかに身体《からだ》を引いた。

「物語を作る者の、意地のようなものです」

トーマの印象では、彼は、少し恥ずかしがっているようだった。

もう夢を語れるような立場ではないと自覚していながら、それでも夢を語るように苦笑する彼の表情は、チャーミングにみえた。

「つまり私は、たったひとつの解答を示したくなった。視聴者それぞれに解釈を委《ゆだ》ねることのない、完璧な唯一《ゆいいつ》の解答を。――けれどあのアニメが二話足りないのは、私が未《いま》だに、その解答に到達していないからです」

父が笑う。

心から、楽しそうに。

「なら、もしも解答がみつかれば、貴方は最後の二話を作るんですね？」

「はい。そうするつもりです」

そしてふいに、ふたりの対談は終わりを迎える。

真っ黒な画面に切り替わり、そこに、呆《ほう》けた顔をしたトーマ自身が映る。手前のテーブルにコーラとポップコーン。そんなものを用意したことも、もう忘れていた。

——これで、おしまい？

興味深い内容ではあった。とっても、非常に。

けれど桜木秀次郎がこの映像を、わざわざ架見崎に——香屋や私に伝えた理由はなんだろう？　ここに、どんなメッセージが込められているのだろう？

だが映像には、続きがあった。

画面に、ぽんと新聞記事が現れる。その上に別の記事が。さらに別の記事が。いくつもいくつも、スクラップのために切り抜いた新聞記事を乱雑にぶちまけるように。

それらの記事には、共通点があった。

ある人の死亡に関する記事。アポリアについて論じる記事。あるいは統計的な自殺者数の増加。あまりに速く切り替わるから、文面を追い切ることはできない。けれど、それらはどれも、アポリアの問題を指摘するものだった。

いくつも、いくつもの悲劇的な新聞記事が表示されていく。

トーマは目を逸《そ》らすこともできずに、顔をしかめてその画面をみつめる。

それらの記事を踏みつけて、最後に、画面の真ん中に大きな記事が表示された。ただひとつだけ、ポジティブな記事が。

——特報。

堂々としたゴシック体で、そう書かれている。

――ウォーター&ビスケットの冒険。最新話、制作開始。

なにもいえなかった。なにも。

ただ「制作開始」の四文字に、圧倒されていた。その四文字の、力強い主張に。

やがてまた、画面が切り替わる。

再生していた映像が終わり、再びメニュー画面に戻ったのだ。

トーマはそこに表示される、ウォーターとビスケットの横顔をじっとみつめる。ポップコーンを口に放り込み、コーラを勢いよく飲んで、リモコンを手に取る。

全話再生のボタンを押すと、もう何十回とみた、このアニメの冒頭が流れる。

新聞を睨《にら》みつけているビスケット。その新聞には、賞金首の情報が載っている。ビスケットが新聞を折りたたむと、向こうにウォーターの姿がみえる。

アニメヒーローが言った。

「腹が減っているのか？」

トーマは小さく、首を振る。

――別に、お腹が空いているわけじゃない。

けれど「制作開始」の四文字が、トーマの中に、空腹感に似た願望を生んでいた。

それはたぶん、生きるための。

心臓が鼓動を続けるための願望が、湧《わ》き上がって止まらなかった。

本書は新潮文庫のために書き下ろされた。

ストーリー協力　河端ジュン一

河野裕著

いなくなれ、群青

11月19日午前6時42分、僕は彼女に再会した。あるはずのない出会いが平坦な高校生活を一変させる。心を穿つ新時代の青春ミステリ。

河野裕著

きみの世界に、青が鳴る

これは僕と彼女の物語だ。だから選ばなければいけない。成長するとは、大人になるとは、何なのかを。心を穿つ青春ミステリ、完結。

河野裕著

さよならの言い方なんて知らない。

あなたは架見崎の住民になる権利を得ました。一通の奇妙な手紙から始まる、死と隣り合わせの青春劇。「架見崎」シリーズ、開幕。

河野裕著

さよならの言い方なんて知らない。2

架見崎。誰も知らない街。高校二年生の香屋歩は、そこでかつての親友と再会するが……。死と涙と隣り合わせの青春劇、第2弾。

河野裕著

さよならの言い方なんて知らない。5

冬間美咲。香屋歩を英雄と呼ぶ、美しい少女。だが、彼女は数年前に死んだはずで……。世界の真実が明かされる青春劇、第5弾。

河野裕著

さよならの言い方なんて知らない。6

架見崎に現れた新たな絶対者。「彼」の登場が、戦う意味をすべて変える……。そのとき、トーマは？　裏切りと奇跡の青春劇、第6弾。

イラスト　越島はぐ
デザイン　川谷康久（川谷デザイン）

さよならの言《い》い方《かた》なんて知《し》らない。7

新潮文庫　こ－60－17

令和四年十一月一日発行

著者　河《こう》野《の》裕《ゆたか》

発行者　佐藤隆信

発行所　株式会社　新潮社

郵便番号　一六二—八七一一
東京都新宿区矢来町七一
電話　編集部（〇三）三二六六—五四四〇
　　　読者係（〇三）三二六六—五一一一
https://www.shinchosha.co.jp

価格はカバーに表示してあります。

印刷・錦明印刷株式会社　製本・錦明印刷株式会社

ISBN978-4-10-180252-7 C0193